Aliénor et le cirque des rouquins

Valéry Sauvage

Aliénor et le cirque des rouquins

Roman

© 2024 Valéry Sauvage

Édition : BoD · Books on Demand, 31 avenue Saint-Rémy, 57600 Forbach, bod@bod.fr
Impression : Libri Plureos GmbH, Friedensallee 273, 22763 Hamburg (Allemagne)

Illustration : Loren Bes

ISBN : 978-2-3225-5299-3
Dépôt légal : Décembre 2024

*Tous les livres du monde
Ne t'apporteront point le bonheur,
Mais ils te ramèneront sans tapage
À l'intérieur de ton être.
Là, tu trouveras tout ce dont tu as besoin,
Le soleil, les étoiles, la lune,
Car la lumière que tu recherches
réside en toi.*

Hermann Hesse

CHAPITRE I

Ludovic, souverain de son petit royaume, partit chasser par un beau matin de printemps. Sa chevelure rousse flottait dans le vent, en guise d'oriflamme. De nombreux courtisans suivaient ce voyant panache, et c'était là un joyeux spectacle pour le peuple ébahi. La troupe, parvenant dans les bois, se dispersa pour lever quelques bêtes : des cerfs, des sangliers, afin que le maître ait sa part de gloire en revenant au palais. La trompe de l'un des compagnons cornait pour rameuter les hommes, les sabots martelaient la terre des chemins, des cris fusaient. Puis vint le soir et l'équipage se regroupa à l'orée de la forêt afin de prendre le trajet du retour. Du menu gibier accroché au pommeau de leurs selles, les seigneurs attendaient. En vain, le roi ne venait pas. La lune éclairait la lisière du bois, ils entendaient hululer des hiboux et des chouettes. L'inquiétude commençait à emplir le cœur des braves compagnons. Il leur fallut enfin se résoudre à rentrer. Un escadron fut envoyé dès l'aube pour rechercher le roi. Une semaine durant les soldats battirent la campagne. Du roi, personne ne vit même l'ombre, encore moins le reflet de sa chevelure.

Roland, un modeste paysan, était au pré pour surveiller ses bêtes, la Renaude était sur le point de vêler. Il aperçut, sur le chemin qui longeait la pâture, un homme qui titubait, sortant de la forêt. Il avait l'air hagard. Le fermier s'avança en direction de l'inconnu et lui offrit son bras.

– Où diable allez-vous donc ? vous me semblez bien las.

L'homme ne répondit pas. Roland le conduisit vers sa pauvre demeure, l'installa sur un tabouret et se mit à penser : « Il a le cheveu rouge et, depuis quelques jours, le pays tout entier grouille de soldats qui recherchent le roi. Et si… »

– Viens ça, l'Antoine, plus vite, vaurien !

Son fils rappliqua, craignant de recevoir une raclée. Mais son père l'envoya chercher le bourgmestre, afin de prendre son avis. L'échevin accourut et reconnut immédiatement le souverain. Un sergent, qui patrouillait avec quelques soldats aux alentours du village, fut envoyé à la capitale pour porter la nouvelle : on avait retrouvé le roi. Bientôt, la cour de la ferme de Roland fut envahie, d'abord par la populace qui voulait voir le roi, puis ce fut l'escorte venue du palais, entourant le carrosse qui devait ramener Sa Majesté dans son domaine.

L'Antoine et son père se tenaient à l'écart, étonnés par tant de belles personnes qui venaient crotter leurs superbes parures dans le fumier, faisaient fuir les poules et cacarder les oies. Pendant tout ce temps, le roi n'avait dit un mot, pas un seul. Il gardait ce regard flou et perdu. Il se laissa entraîner par sa suite et disparu, sans même dire un merci au pauvre paysan. Par chance, un beau courtisan, caracolant sur sa monture, lui lança une bourse avant de s'en aller rejoindre les autres. La boue jaillit sous les sabots du cheval, éclaboussant le fermier et son fils, mais peu leur importait, dans la bourse, il y avait plus que ce qu'ils pouvaient gagner en un an et encore davantage.

Le roi, dans son palais, ne parlait toujours pas. On fit venir des mages, des apothicaires, et finalement jusqu'à la vieille sorcière ; celle-là même que l'on voulait pendre alors qu'elle ne faisait que l'innocent commerce des simples et des potions. Rien n'y fit. Ludovic ne reconnaissait plus personne, ne disait mot et gardait le regard vague. On aurait dit qu'il était devenu idiot.

Parfois, murmurait le peuple, les fées des bois enlevaient ainsi quelques hommes, des braconniers, de pauvres vagabonds. Qui savait quel sort celles-ci leur faisaient subir, car, tout comme le pauvre roi, ils revenaient après avoir disparu quelques jours, l'esprit vidé de toute intelligence. Alors, on jasait fort sur les terribles bacchanales qui laissaient ces hommes ainsi abattus. D'autres disaient que, telles des vampires, les fées se nourrissent de l'âme de leurs victimes.

Toutefois, on n'avait jamais entendu dire qu'une femme ait vécu de telles mésaventures. Les déboires du monarque donnèrent du grain à moudre aux sarcasmes des commères et des compères, attablés aux tavernes ou autour des étals du grand marché de la capitale, ainsi que dans tout le royaume.

Au palais, le Grand Conseil se réunit :

— Nous ne pouvons laisser plus longtemps le pouvoir vacant. Si cela s'ébruite, nos voisins vont venir avec une grande armée et une nombreuse piétaille de vauriens, pour nous envahir.

Ainsi s'exprima le grand chambellan Jéronime, sans autre préambule à la réunion.

— Une régence s'impose, sans l'ombre d'un doute, ajouta le prince Achilas, se tournant vers l'oncle du roi, le vieux duc Carles.

Le duc s'inclina, indiquant par là qu'il acceptait la tâche nécessaire et même indispensable. Se dérober aurait attisé les ambitions de nombreux courtisans et la situation aurait risqué de dégénérer rapidement. Son lien de parenté avec le roi ainsi que la sagesse de son grand âge le désignaient naturellement pour porter ce fardeau.

Il s'en serait pourtant bien passé, n'aspirant qu'à vivre une vieillesse fort tranquille à l'écart des bruits du monde et des tracas du pouvoir. Il prit donc à contrecœur la tête du conseil, espérant secrètement que le souverain recouvrerait vite ses esprits, et donc sa place sur le trône. Le roi Ludovic était jeune encore et n'avait pas contracté de mariage, il n'avait donc pas de descendance. Le duc Carles savait bien que ce point poserait rapidement des problèmes. Il n'y avait pas de succession directe, et cela ouvrait des perspectives à certains parents éloignés, avides de se rapprocher du trône.

Enfoncée dans son fauteuil, la comtesse Anastasie ne disait mot, mais ne perdait pas une parole des interventions diverses des membres du conseil. Elle réfléchissait, tout comme venait de le faire le duc, aux conséquences de cette situation. Derrière elle, son capitaine, Hurcis le noir, suivait les pensées de sa maîtresse. Il la connaissait si bien. Elle se retourna et lui jeta un rapide regard. Le soldat inclina la tête. La séance étant déclarée close par le grand chancelier Jérônime, la comtesse se leva et se dirigea vers la sortie d'un pas vif, suivie de son fidèle serviteur. Elle était pressée de mettre au point une stratégie pour s'adapter à cette nouvelle situation et en tirer quelque avantage.

La comtesse était une cousine lointaine du roi et, à ce titre, avait place au conseil. Elle vivait pourtant le plus souvent à l'écart de la cour, dans son hôtel particulier. Ce manoir était situé dans un quartier éloigné et était entouré de hauts murs. La vieille dame n'y recevait que quelques amis intimes, triés sur le volet. Elle ne se rendait au palais que pour les réunions du conseil, mais elle aimait tirer quelques ficelles depuis son antre, pour faire avancer les choses de la manière qui lui semblait la plus opportune pour ses propres intérêts.

Au château, on redoutait d'avoir affaire à dame Anastasie et nombreux étaient ceux qui se réjouissaient qu'elle ne vînt pas plus souvent. Les domestiques, à qui elle s'adressait d'un ton cassant, distribuant ordres et réprimandes d'une voix méprisante, la craignaient. Quant aux courtisans à qui elle jetait un regard hautain, se sentant forte de son lien de parenté avec le roi, presque tous se détournaient de son passage, à l'exception d'un petit clan qui pensait trouver dans sa fréquentation une source de profits possibles. La tenue noire de la comtesse, rehaussée de broderies d'or ou d'argent, en faisait un inquiétant corbeau au plumage brillant, mais d'apparence menaçante. Même sa stature en imposait, car elle était grande et fort corpulente.

Ce soir-là, Hurcis conduisait lui-même la discrète calèche à deux chevaux, sans armoiries, qui ramenait Anastasie à son logis. Ils s'enfermèrent dans la bibliothèque, au sommet de la tour, afin de combiner leurs plans.

Quelques jours plus tard, la comtesse fit annoncer qu'elle partait en déplacement, ayant appris par un messager la triste nouvelle de la mort de son fils qui guerroyait à l'étranger. Plusieurs à la cour levèrent un sourcil en signe d'étonnement. La comtesse aurait eu un fils ? Son époux avait disparu depuis longtemps et l'on n'avait jamais connu de descendance à cette vieille chouette. Enfin, elle était si discrète, renfermée, secrète qu'elle aurait pu cacher un enfant dont la présence aurait nui à ses manigances. Il y eut quelques commentaires désobligeants, puis on oublia la dame, contents de savoir qu'elle ne paraîtrait pas de sitôt au palais.

Quelque temps passa, la chouette revint au nid. Mais elle rapportait un surprenant colis. Une petite fille qui portait le nom d'Aliénor. Un nouveau-né d'un peu plus d'un mois. On engagea une nourrice, une étrangère qui ne parlait pas la langue du pays. Les portes furent closes et seuls quelques serviteurs entraient et sortaient encore de l'hôtel de la comtesse pour en assurer l'intendance.

La comtesse ne se montrait plus souvent au palais. Quand elle y venait, elle ne prononçait que quelques rares mots, ce qui arrangeait bien les domestiques et soulageait les courtisans.

La rumeur disait que la fillette était l'enfant de ce fils mort à la guerre, la petite-fille de la comtesse donc. De la mère, on ne savait rien.

Six ans plus tard, le roi n'avait pas recouvré ses esprits. Le vieux duc Carles menait une sage régence dont le rythme paisible était ponctué par le bruit de sa canne frappant le carrelage de la grande salle du palais.

CHAPITRE II

Entre les quatre murs du manoir de la comtesse, l'enfant avait grandi. Jamais elle ne sortait.

C'était une petite fille, semblable à toutes les petites filles, mignonne, avec un petit nez retroussé, des taches de rousseur parsemant son visage. Elle avait un air un peu triste, car elle était souvent seule. Ce qui la faisait immédiatement remarquer, dès que l'on posait le regard sur elle, c'était sa chevelure. On aurait dit du cuivre qui brillait de mille feux comme si on l'avait poli et repoli. La même couleur de cuivre brillant que la bassinoire avec laquelle une servante réchauffait son lit, le soir, avant l'heure du coucher. Ses yeux avaient une teinte grise qui accentuait la tristesse de son visage. Il était désolant de voir une telle émotion transparaître sur une si jeune et si jolie figure.

La petite sevrée, la nourrice avait regagné son pays lointain et laissé la place à une sévère préceptrice. Cette dernière, une dame menue et sèche, dotée d'une voix perçante, avait la charge de surveiller Aliénor et de donner les rudiments d'éducation nécessaires à la noble enfant qu'elle était. À six ans, cela se bornait à tenter d'enfiler du coton dans une aiguille pour broder des petites fleurs sur ses mouchoirs de batiste. Elle apprenait aussi à faire de jolies révérences en tenant bien sa jupe entre ses petites menottes. L'enfant s'inclinait ainsi devant la comtesse ou quelque invité que celle-ci recevait, ce qui n'était pas très fréquent. La préceptrice lui montrait aussi les lettres dans un petit abécédaire.

Aliénor s'était vue dédier trois pièces de l'aile sud du manoir en guise d'appartements. Le grand salon, où elle se tenait le plus souvent avec sa gouvernante, madame Honorine, servait de salle de classe. Elle y recevait les visites de sa grand-mère et y réalisait ses travaux de broderie. Deux portes menaient vers la salle de jeu et vers la chambre.

La fillette aimait plus que tout sortir dans le jardin. Là, elle pouvait s'ébattre et échapper un peu à la présence étouffante d'Honorine, avec ses conseils incessants :

– Tenez-vous comme ceci, ma damoiselle, ne vous grattez donc pas le nez, ce n'est pas convenable, avez-vous vu comme vous êtes coiffée, venez donc ici que je passe la brosse à votre chevelure…

Ces récriminations n'en finissaient pas, de cette voix criarde si désagréable à entendre. Même dans sa pièce de jeu, au milieu des poupées, la gouvernante trouvait à redire de sa tenue, de sa manière de faire des roulades sur le tapis et toutes les autres petites activités que peut imaginer une fillette de six ans esseulée, n'ayant aucun compagnon au manoir.

Heureusement, quand elles allaient se promener dans le jardin, Honorine finissait par s'asseoir sur un banc, prenait son éventail pour chasser les insectes, bâillait et laissait l'enfant parcourir les allées à sa guise. Elle ne risquait pas de se sauver : de hautes murailles entouraient l'enclos et les seules issues étaient le manoir lui-même ainsi qu'une petite poterne toujours fermée à clé. Aliénor ne l'avait jamais vue ouverte et n'en avait jamais non plus vu la clé. Elle ignorait tout de ce qui pouvait se passer en dehors de ce logis et de son jardin.

Dès qu'Honorine était assise, Aliénor filait et cherchait à retrouver Philibert, le vieux jardinier. Celui-ci lui montrait les fleurs et les plantes qu'il cultivait, les nommait et racontait à l'enfant les soins dont elles avaient besoin pour s'épanouir. Il lui donnait alors quelques menues tâches à accomplir : arracher quelques mauvaises herbes, attacher une tige à son tuteur à l'aide d'un lien de raphia, porter un peu d'eau avec un petit arrosoir de fer-blanc aux godets où germaient les semis. Pour la fillette c'était le plus beau moment de la journée et aussi le seul où l'on pouvait la voir sourire. Quant à Philibert, il était son seul ami.

Elle avait bien demandé à avoir un chaton, ayant vu le chat du cuisinier qui rôdait parfois dans le jardin et qui venait vers elle pour quémander deux ou trois caresses. Hélas, dame Honorine trouvait ces bêtes sales et malfaisantes. Elle craignait par-dessus tout de retrouver une souris à moitié dévorée sur le tapis du boudoir. De plus elle éternuait en présence de ces animaux. Il ne fut donc plus question d'introduire un petit compagnon dans les appartements d'Aliénor.

La fillette entendait, au-delà des murs, les rumeurs de la ville. Dès qu'elle en avait l'occasion, c'est-à-dire quand dame Anastasie était absente du manoir et qu'Honorine avait l'attention occupée ailleurs, elle grimpait à toute vitesse le grand escalier pour filer dans la bibliothèque qui se situait au sommet de la tour. Là, elle essayait de regarder au travers des vitres les toits des maisons environnantes. Mais la vue était troublée par le verre dépoli et la fenêtre était verrouillée, tout comme la petite poterne du jardin.

Après quelques minutes à essayer de deviner à quoi ressemblait le monde extérieur, elle entendait le souffle rauque d'Honorine, qui venait de monter à son tour l'escalier, pour rattraper la petite fugitive et la ramener dans ses appartements en lui donnant une leçon de morale :

– Madame la comtesse ne sera pas satisfaite, Aliénor, lui disait la préceptrice. Vous n'êtes pas une damoiselle fort obéissante et cela ne lui fera pas plaisir.

Aliénor craignait la vieille comtesse, imposante silhouette sombre, qui venait dans son boudoir une fois par semaine pour entendre le rapport d'Honorine sur les progrès de son élève. Elle lui lançait des regards sévères, dénués de toute affection ou de tendresse. Parfois, elle lui adressait une remarque d'un ton sec, puis elle se retirait. Aliénor écoutait avec soulagement le pas lourd de la maîtresse de maison qui s'éloignait.

Quand dame Anastasie recevait ses fidèles courtisans, qui venaient lui faire leur rapport sur la vie du palais, Aliénor était convoquée. Sous la houlette d'Honorine, elle revêtait ses plus beaux atours. Elle devait alors faire sa révérence, puis on l'autorisait à jouer un peu avec les enfants des visiteurs. C'étaient les seuls contacts qu'elle avait avec des personnes de son âge. Honorine les conduisait au jardin, si le temps le permettait, sinon dans le salon de jeu où on installait le croquet sur un tapis moelleux. Les invités poussaient à tour de rôle la boule de bois à l'aide de leur maillet, pour lui faire suivre le circuit entre les arceaux et atteindre le but. Aliénor était contente de pouvoir ainsi s'ébattre avec de jeunes compagnons sans qu'Honorine l'assomme encore d'un nouveau sermon.

L'enfant était encore trop petite pour avoir remarqué que la comtesse Anastasie ne la présentait plus comme sa petite-fille, mais comme « la princesse Aliénor ». Elle avait bien demandé à sa nourrice, puis à sa gouvernante ce qu'il était advenu de ses parents, mais à chaque fois on lui avait répondu de manière vague, disant que, quand elle serait grande, elle aurait les réponses à ces questions, mais qu'elle ne devait pas s'en préoccuper dans l'immédiat.

Vint un jour où la comtesse parut dans le salon d'Aliénor sans être annoncée au préalable par un serviteur, ce qui était pourtant son habitude. Elle donna d'un ton sec quelques ordres à dame Honorine. Aliénor devait être habillée, coiffée, parée et prête à prendre place dans la calèche dans une heure, pour être présentée au Palais. Depuis six ans, pour la toute première fois, elle allait sortir de cette maison, elle allait découvrir le monde. Aliénor hésitait entre deux sentiments : la joie de voir enfin ce qu'elle entendait, ce qu'elle devinait hors les murs du manoir et la peur qui montait en elle de ce monde inconnu. Qu'allait-on faire à la cour du roi ? Là encore, sa gouvernante ne répondait jamais aux questions qu'elle lui posait régulièrement sur le palais et lui disait inlassablement :

– Mon enfant, vous êtes trop jeune pour entendre ces choses-là. Les réponses vous seront données en leur temps. Retournez donc à votre ouvrage.

On avait fait asseoir Aliénor au milieu, sur la banquette de cuir de la calèche. À sa droite, il y avait Hurcis. Cet homme immense lui faisait peur. Fort heureusement, elle n'avait pas souvent l'occasion de le croiser et jamais il ne se présentait dans ses appartements. Il regarda l'enfant d'un œil sévère, puis s'efforça de lui sourire comme pour l'amadouer. Aliénor ne vit là qu'une affreuse grimace et détourna le regard. De l'autre côté, la comtesse se penchait à la fenêtre pour ordonner au cocher d'une voix forte :

– Au palais ! Et sans tarder !

Les portes s'ouvrirent et la calèche s'engagea dans la ville. Aliénor était déçue, car elle ne voyait rien de ce qui se passait au-dehors, coincée qu'elle était entre ces deux personnes qui lui bouchaient la vue. Elle prit son mal en patience, se disant qu'ils n'allaient pas rester bien longtemps dans le véhicule et qu'alors, à leur arrivée, elle pourrait enfin voir le monde.

Dans la calèche, le bruit était assourdissant. Dès la sortie de la cour de gravier du manoir de la comtesse, les roues cerclées de fer du véhicule roulèrent sur le pavé grossier de la rue, produisant un grondement qui empêchait toute discussion. Aliénor n'aurait en aucune manière pris part à une quelconque conversation entre la comtesse et son noir capitaine. Au bruit du roulement se mêlaient les cris des passants obligés de se ranger au passage de la calèche. Ils cherchaient à éviter d'être écrasés, obligés de se percher sur les bornes des portes cochères. La voiture roula un moment, puis ralentit et finit par s'arrêter. On entendait le brouhaha de la foule et les cris du cocher qui faisait claquer son fouet en hurlant :

– Ho ! Là ! dégage la place, maraud, laisse le passage, et prestement !

La comtesse jeta un regard à Hurcis qui immédiatement ouvrit la portière et sauta d'un bond sur la chaussée, ignorant le marchepied. On entendit quelques cris et le bruit d'un lourd objet que l'on déplaçait brutalement, grinçant sur le pavé.

Aliénor profita de ce qu'Hurcis ne lui bouchait plus la vue pour regarder au-dehors par la fenêtre. Il y avait là une belle maison à pans de bois, séparée d'une autre par un étroit passage en haut duquel les étages des deux maisons se rejoignaient. Les poutres étaient sculptées d'animaux fantastiques, des monstres inconnus qui fascinèrent l'enfant. Dans le passage se trouvait un homme, grand, la tête recouverte d'une cape sombre dont il tenait un pan devant sa bouche, ce qui faisait que l'on ne voyait de son visage que ses yeux ; et ses yeux brillants et vifs fixaient la fillette assise dans le carrosse. Le regard était sans aucune méchanceté et Aliénor regarda elle aussi avec curiosité cet inconnu quand, soudain, Hurcis reprit sa place, lui bouchant de nouveau la vue sur le monde extérieur. Le cocher claqua de son fouet et la calèche continua son chemin vers sa destination.

– La charrette d'un maraîcher encombrait la rue, informa laconiquement le capitaine à l'attention de la comtesse.

De nouveau, l'univers d'Aliénor se réduisit aux cris des passants et au bruit du fer sur le pavé jusqu'à l'arrivée dans la cour du palais. Elle devina que leur but était atteint au crissement du gravillon sous les roues, qu'elle percevait maintenant, bien qu'elle fut un peu assourdie et étourdie par ce petit voyage.

CHAPITRE III

Des laquais avaient ouvert les portières de la calèche. Hurcis était déjà au-dehors, attendant la comtesse et Aliénor. Dame Anastasie s'adressa d'un ton autoritaire à la jeune fille :

– Pas un mot ne doit être prononcé en présence du conseil où je vais vous présenter. Vous ferez votre révérence à mon signe et reculerez ensuite à mes côtés.

– Bien, ma dame, répondit la petite poliment, comme sa gouvernante le lui avait enseigné.

Puis elle put enfin descendre et regarder avidement autour d'elle. Le palais était un grand bâtiment de pierres taillées mêlées de briques rouges. De grandes colonnes entouraient les fenêtres qui partaient du sol et montaient jusqu'à la corniche. Cette dernière était entièrement sculptée de motifs végétaux et au-dessus de la porte monumentale on pouvait voir un blason représentant un cygne tenant en son bec une rose. La comtesse prit la main d'Aliénor. La tenant fermement, elle commença à gravir l'escalier qui menait à cette entrée imposante. Hurcis suivait, fermant la marche.

La porte était grande ouverte et de nombreuses personnes allaient et venaient sur le parvis et dans le hall d'entrée. Celui-ci paraissait aussi, à l'échelle de la petite fille, gigantesque. Il n'y avait pas d'étage à cette salle et, tout comme à l'extérieur, une colonnade de marbre encadrait les immenses fenêtres qui faisaient pénétrer la lumière par la façade. Sur les côtés du hall, des escaliers menaient à une galerie entourant ce gigantesque vestibule. Sur celle-ci se promenaient des courtisans. Le balcon du fond était occupé par un groupe de musiciens qui faisaient sonner luths et violes, en accompagnement sonore agréable aux conversations. Mais la comtesse n'était pas venue pour écouter musique et bavardages. Elle tirait toujours Aliénor par la main. Elles traversèrent le grand hall vers une porte de bois gardée par deux soldats en uniforme d'apparat. Ceux-ci, voyant dame Anastasie qui ne ralentissait pas en arrivant, se précipitèrent et eurent tout juste le temps d'ouvrir les deux battants devant elle et la petite fille. Elles s'engouffrèrent dans la salle du conseil, suivies de près par le capitaine.

Le conseil venait de se terminer, constata Anastasie, fort satisfaite, car c'était exactement ce qu'elle avait prévu pour obtenir toute l'attention nécessaire à sa venue soudaine. En effet, tous les regards des participants, qui devisaient entre eux après les travaux pour lesquels le régent Carles les avait réunis, se tournèrent immédiatement vers les nouveaux arrivants. S'arrêtant un peu avant la table, la comtesse prononça d'une voix forte, afin que nul ne l'ignore :

— Duc Carles, membres du Conseil Royal, je viens au-devant de vous pour vous présenter, en sa sixième année, la princesse Aliénor. Elle fit le signe convenu et Aliénor avança de trois petits pas, fit sa révérence et recula pour revenir auprès de dame Anastasie.

Les membres réunis regardèrent attentivement la fillette et tous eurent immédiatement un air d'étonnement, de stupeur même. Ils avaient déjà entendu parler de cette petite fille que la comtesse avait ramenée d'un pays lointain. Elle avait prétendu un temps qu'elle était la fille de son fils disparu, mais elle la présentait aujourd'hui en lui donnant le titre de princesse. Ce titre étonnait le conseil, mais plus encore, ce qui causait cette stupeur, c'était la chevelure de la fillette. L'instant suivant, la comtesse vit les têtes se tourner en direction d'un angle de la pièce où, près d'une fenêtre, se tenait un grand trône de bois garni d'un riche brocard doré. Assis sur ce trône, un personnage à l'air absent jouait du bilboquet.

Aliénor avait aussi tourné la tête, se demandant ce que ces gens regardaient ainsi. Elle vit donc Ludovic, roi, manipulant un superbe objet d'ébène et d'ivoire. Le support était sculpté dans le bois noir d'une manière extraordinaire : il représentait un dragon, ailes ouvertes ; la queue en boucle servait de poignée et il crachait vers le haut de sa gueule grande ouverte une flamme. L'ultime flammèche servait de pointe sur laquelle la boule venait s'enficher à chaque lancer du roi. La boule elle-même était d'ivoire poli et, sur sa surface était incrustée, en fil d'or et d'argent, une carte du monde. Le cordon reliant la boule au support était de soie, tressée elle aussi de fils d'or et d'argent. Et le roi, semblant penser à autre chose, perdu dans ses rêves, envoyait la boule vers son but, sans qu'il manquât une seule fois son lancer. Il faut dire qu'il avait de l'entraînement : depuis six ans qu'il avait perdu la raison, c'était la seule activité qu'il pratiquait tout au long de la journée. Dans le silence qui s'était fait, on n'entendait plus qu'un « toc » qui se répétait, bruit de la boule retombant sur son support.

Aliénor remarqua alors la chevelure du roi. Quel ne fut pas son étonnement ! Il avait, sous sa fine couronne d'or, les cheveux aussi roux que du cuivre poli, aussi brillants que ceux qu'elle portait elle-même sur sa propre tête. Ce n'était pourtant pas une couleur de cheveu fort commune, bien au contraire. Mais elle sentit que la comtesse avait saisi sa main de nouveau et la tirait vers la sortie sans prononcer aucune autre parole à destination du conseil. Les membres de ce dernier, ayant repris leurs esprits, recommençaient à parler ensemble, les uns chuchotant à mi-voix, les autres parlant plus fort. Le duc régent, pour sa part, restait assis, silencieux et pensif, se demandant probablement ce que voulait dire cette présentation abrupte et dépourvue d'explications. Que mijotait encore cette étrange Anastasie ? Quand la porte se fut refermée, il fit un geste de la main pour demander le silence.

– Prince Achilas, pourriez-vous diligenter une enquête afin d'en savoir plus sur cette princesse qui vient de nous être présentée d'une manière si singulière ?

Le prince acquiesça en hochant du chef. Comme c'était un homme d'action, il se leva immédiatement et sortit pour donner ses ordres. Carles se leva à son tour, signifiant ainsi que la séance était close. Le brouhaha des conversations reprit pendant que le régent sortait par la petite porte qui menait à son cabinet privé.

Pendant ce temps, Aliénor avait parcouru dans la ville bruyante le chemin inverse et était de retour à ce qu'il faut bien appeler sa prison. Mais elle avait emmagasiné des images marquantes qui allaient occuper son petit esprit enfantin pendant un bon moment. Elle attendit l'occasion et, dès qu'elle put, fila au jardin pour tout raconter à Philibert, le vieux jardinier.

– J'ai vu le roi, j'ai vu le roi, lui dit-elle d'emblée dès qu'elle le trouva. Le jardinier était dans une serre, à rempoter quelques plants.

– Oh oh ! répondit-il d'un ton un peu moqueur, car il savait que le roi n'avait plus toute sa tête, et que t'a-t-il donc dit, le roi ?

– Il n'a rien dit, il n'a pas semblé même me voir. Il avait l'air triste, je trouve, il jouait pourtant, mais ne semblait pas s'amuser.

– Et c'est tout ce que tu as vu ?

– Oh ! non. Le roi a des cheveux roux, tout comme les miens. C'est étrange, tu ne trouves pas, Philibert.

– Oui, je pense que c'est très étrange, c'est ce que j'ai toujours pensé depuis que tu es arrivée ici.

– Pourquoi ne m'en as-tu jamais parlé ?

– Pourquoi l'aurais-je fait ?

Aliénor dut se contenter de cette réponse qui n'en était pas vraiment une. Voyant qu'il ne dirait rien de plus sur le roi, elle lui raconta l'anecdote de la charrette du maraîcher, et surtout elle lui parla de cet homme étrange qui l'avait regardée à travers la fenêtre de la calèche.

– Il cachait son visage dans un pan de sa cape, il s'était recouvert la tête de sa capuche, alors qu'il faisait beau soleil et forte chaleur. C'est étrange, mais il n'avait pourtant pas l'air méchant.

– La ville est pleine de vagabonds et de curieux, répondit Philibert. Rien d'étonnant à ce que l'on croise de drôles de personnages à chaque coin de rue. Mais il est vrai que tu ne sors jamais alors tout cela peut te paraître bizarre.

Dame Honorine apparut à la porte de la serre, interrompant l'intéressante conversation d'Aliénor et de son ami. Comme à son habitude, elle était essoufflée, ayant parcouru le jardin dans tous les sens pour trouver la damoiselle.

– Il vous faut rentrer promptement Aliénor, car c'est l'heure du dîner, puis nous ferons de la lecture.

Aliénor fit un clin d'œil à Philibert et retourna rapidement vers le manoir, obligeant Honorine à courir pour la suivre. Elle était déjà assise sur sa chaise quand la gouvernante arriva, elle avala la soupe et l'entremets en vitesse et sortit de table pour prendre son petit livre de lettres, où elle déchiffrait son alphabet toute seule maintenant. Pendant ce temps, Honorine reprenait son souffle d'abord et ensuite s'attaquait à sa collation.

Une semaine passa, depuis sa visite au roi et à son conseil. La vie avait repris son cours habituel et aucune autre sortie ne semblait prévue, au grand dam d'Aliénor, qui aurait bien voulu voir un peu plus de cette cour qu'elle n'avait fait qu'entr'apercevoir.

Couchée dans son lit, la petite fille regardait à travers la fenêtre le rayon de la lune pleine qui éclairait sa chambre d'une lueur bleutée, comme si une fée était venue apporter dans la nuit sa lumière magique. À cette pensée, elle s'endormit avec un sourire sur le visage, malgré le sentiment de tristesse qu'elle ressentait souvent d'être toujours enfermée dans ce sombre manoir.

CHAPITRE IV

Dans la lumière de la pleine lune, cet autre rayon bleu passa inaperçu. Qui aurait pu le voir ? Les gardes du manoir, dès que l'étrange lueur fut sur eux, s'endormirent immédiatement, ainsi que le molosse à la chaîne. Il avait bien commencé à grogner, mais maintenant il ronflait de tout son saoul comme un vieil ivrogne qui se serait affalé sous une table dans quelque sordide cabaret de la ville. La poterne s'ouvrit en grinçant bien un peu. Entrèrent en file indienne quatre personnages peu communs. Celui qui ouvrait la marche était un grand échalas, tenant plus de l'araignée que de l'humain. Il avait dû se plier en deux pour franchir la porte basse et maintenant se redressait, monté sur des échasses et recouvert d'une longue cape sombre. Il était suivi d'une forte femme, grande elle aussi, à l'opulente chevelure, pour ce que la lumière de la lune en laissait deviner. Venaient derrière deux silhouettes, l'une gracieuse, qui se déplaçait comme une danseuse, et l'autre de petite taille, plus vraiment un enfant, mais pas encore tout à fait un homme. La première femme chuchota à ses compagnons :

– Uméline et Timoléon, gardez la place et envoyez un signal si quelqu'un se présente. Nous avons endormi les soldats et le chien, mais sait-on qui erre la nuit dans le manoir ? N'oubliez pas ce capitaine dont il faut se garder plus que tout. Quant à la comtesse, elle peut aussi veiller en préparant quelque mauvaise affaire. Éldric, allons-y en silence. Tu ferais mieux de laisser ici tes échasses.

– Allons, Nahomée, tu sais bien que, sur mes allonges, je puis être plus silencieux que chat chassant dans la nuit et que poser mes pieds à terre me rend gauche et maladroit.

– Alors en marche, faisons vite !

Ils s'avancèrent vers l'entrée du manoir, Nahomée posa simplement la main sur la poignée et la porte, qui pourtant était verrouillée, s'ouvrit. Ils la franchirent et montèrent l'escalier en direction des appartements d'Aliénor. Ils ne firent pas de mauvaises rencontres, tout était silencieux. La comtesse dormait habituellement dans une autre aile du logis et le capitaine avec le reste de la garde, dans les communs. Si ce dernier avait prévu une tournée d'inspection nocturne, ce devait être à un autre moment, car ils ne le rencontrèrent pas. Les deux visiteurs pénétrèrent dans la suite d'Aliénor, virent la gouvernante qui dormait profondément dans son lit, installé dans le salon principal. Il n'y avait pas besoin de s'inquiéter d'elle, elle ne s'éveillerait probablement pas vu qu'elle ronflait presque aussi fort que le chien à sa chaîne. Les voici maintenant dans la chambre de l'enfant qui avait toujours au visage ce sourire qu'elle avait en s'endormant un peu auparavant. Nahomée entoura le petit corps endormi dans son drap et la serra contre sa poitrine. Aliénor tourna la tête, sentit la douce chaleur de Nahomée et continua de rêver aux fées. Éldric guettait, en alerte, à la porte. Ils sortirent en silence et redescendirent l'escalier, franchirent le seuil et rejoignirent les deux guetteurs.

– Allons, vite, filons et refermons bien la poterne. Demain, nous serons loin, dit la femme à ses compagnons.

Seul le bruit du chien qui ronflait s'entendait dans la nuit claire, il couvrit même le grincement que fit la poterne et le claquement du pêne dans la serrure quand Nahomée referma celle-ci d'un petit mouvement de la main. La troupe s'élança rapidement le long du sentier, entre les carrés de potagers et disparut dans le bois qui bordait les champs.

Le lendemain matin, Hurcis se leva, ouvrit sa fenêtre et jeta un coup d'œil au-dehors. Il vit les deux gardes de nuit affalés sur leur banc, en train de dormir comme des loirs. Il hurla alors une bordée d'invectives à leur encontre :

– Vaunéants, filous, gredins ! Mais qui m'a fait une bande de marauds tels que vous ! Est-ce comme cela que l'on garde la maison de la comtesse ? Vous allez voir de quel bois je me chauffe. Encore en chemise, il sauta par-dessus le rebord de la fenêtre et se précipita pour corriger les gardes fautifs. Mais il ne parvint, ni par ses cris ni par ses coups, à réveiller ceux-ci.

– Mais, parole, ils doivent être fin saouls en plus ! Et voilà que le chien aussi s'est endormi. N'y aurait-il pas quelque malice là-dessous ?

Les autres gardes s'étaient réveillés à ces cris et venaient aux nouvelles, restant quand même à distance du capitaine, car celui-ci semblait dans une colère noire. Il ne faisait pas bon lui tomber sous la main en ces moments-là.

Le maître-chien s'était approché du molosse et l'examinait. Puis il dit au capitaine :

– Ce n'est pas normal, le chien a dû être drogué, pas moyen de le réveiller, pourtant d'habitude, il bondit au moindre bruit.

Hurcis envoya un des gardes quérir le chat du cuisinier, que l'on plaça devant la gamelle du chien. L'animal lapa le breuvage sans se faire prier, puis partit faire son tour, la queue dressée, fier de lui d'avoir bu l'eau du chien sans encourir la fureur de ce dernier.

– Si ce n'est pas l'eau, alors quelle magie est-ce là ? murmura Hurcis pour lui-même.

Le capitaine rentra dans sa chambre, par la porte cette fois-ci, s'habilla rapidement et se rendit auprès de la comtesse, pour l'informer de l'étrange aventure.

– Aliénor ! allons vite ! s'écria immédiatement Anastasie, devenue blême. Ils se précipitèrent jusqu'aux appartements de la fillette pour trouver dame Honorine devant la porte, qui leur dit :

– Elle a encore dû filer au jardin, quand je me suis éveillée, elle était déjà sortie.

– Idiote ! répliqua vertement la comtesse, elle n'est pas au jardin, les gardes et le chien ont été endormis par quelque magie. Elle a été enlevée.

Elle se tourna vers son capitaine :

– Hurcis, montons à la bibliothèque, nous devons nous organiser immédiatement et lancer une recherche.

Puis à la gouvernante, elle dit d'un ton ne souffrant pas de réplique :

– Pas un mot de tout ceci à qui que ce soit, dame Honorine, sinon vous en répondrez de votre vie !

Elle lui tourna le dos et gagna la bibliothèque, en haut de la tour principale du manoir, suivie comme son ombre par le capitaine qui semblait lui aussi dans une fureur extrême.

Anastasie s'était assise à sa table de travail et réfléchissait, se tenant la tête entre les mains, tandis qu'Hurcis faisait les cent pas dans la pièce.

Elle prit enfin la parole après un long moment de réflexion.

– Tout d'abord, il faut impérativement que la cour ignore ce qui vient de se passer. Seule Honorine est informée de la disparition de la petite, il faut donc qu'elle ne puisse pas le faire savoir. Comme Aliénor va parfois voir le jardinier, on fera dire à celui-ci que l'enfant est partie en visite en province, ou quelque fable que l'on puisse inventer, je vous laisse vous en occuper. Pour la gouvernante, si la petite est censée être en voyage, il faudra qu'elle quitte, elle aussi, rapidement le manoir, comme si elle l'avait accompagnée. Qu'on la serre en quelque lieu d'où elle ne puisse s'enfuir ni bavarder, mais sans que la prison soit trop sévère.

Elle fit une courte pause, le doigt posé sur sa lèvre inférieure, faisant une grimace qui ne rendait pas son visage, déjà sévère, plus agréable à contempler. Elle reprit enfin :

– Maintenant, la recherche. Nous ne devons pas tarder, suivre la piste tant qu'elle est fraîche. Dès que vous aurez réglé le cas de dame Honorine, prenez quelques hommes, les plus sûrs et les plus discrets et lancez-vous à la poursuite des ravisseurs. Il ne peut pas s'agir d'une fugue, les gardes endormis, le chien aussi et de plus d'une manière incompréhensible, il y a derrière tout cela quelque bande organisée qui avait bien réfléchi à son plan. Il va nous falloir être plus malins qu'eux. Ils ont dû laisser des traces. De plus, nous devrions pouvoir retrouver la piste de cette enfant, car il est difficile qu'elle passe inaperçue, avec une chevelure si caractéristique. Mais soyez fin et subtil dans vos questionnements à d'éventuels témoins, il ne faut à aucun prix que la cour apprenne que nous recherchons l'enfant, qu'elle a disparu, répéta-t-elle. La suite et la réussite de notre plan en dépendent. Mais qu'ai-je besoin de vous le dire, vous le savez aussi bien que moi. Allez ! faites vite et bien, ne ménagez pas votre peine.

Hurcis s'inclina et fit demi-tour. Il n'avait maintenant plus qu'un seul objectif, retrouver Aliénor.

Dame Honorine partit sur l'heure dans la calèche close pour un logis de campagne de la comtesse, situé dans une province éloignée. Deux gardes l'accompagnaient pour s'assurer de son silence. Puis l'intendant informa le jardinier que la princesse Aliénor était partie avec sa gouvernante à la campagne, afin d'éviter des questions gênantes.

Enfin, Hurcis fit venir trois soldats : Pancrace, Jaquelin et Théolin. Il leur annonça :

– Nous partons en mission, il nous faut retrouver le plus rapidement possible la princesse Aliénor, qui a été enlevée cette nuit par une troupe d'inconnus ! Commençons par chercher des traces, dans le manoir et aux alentours, puis nous mènerons l'enquête auprès du voisinage, mais le tout dans la plus grande discrétion, nul ne doit savoir, ni même deviner que nous recherchons la princesse. Nous devons faire croire que nous sommes en chasse de quelques larrons, voleurs et malfaisants individus qui auraient tenté de pénétrer le manoir nuitamment. Jaquelin, inspecte le jardin et la maison et vous autres, avec moi, faisons le tour par l'extérieur pour savoir par où ils ont bien pu entrer et sortir. Pancrace, dans la rue et Théolin avec moi, nous inspecterons la campagne.

Chacun partit comme chiens courants lancés à la poursuite d'une proie, le regard vers le sol, les narines ouvertes cherchant la trace, l'odeur.

CHAPITRE V

Aliénor s'éveilla au matin. Elle était couchée sur un châlit de bois, enveloppée dans une courtepointe épaisse et chaude. Elle sentait les mouvements de la pièce dans laquelle elle se trouvait. Cela cahotait comme une calèche, mais qui n'aurait pas eu de ressorts pour adoucir les mouvements et atténuer les irrégularités de la route où elle se mouvait. Le bruit aussi n'était pas celui qu'elle avait entendu dans la voiture de la comtesse, aux roues ferrées, sur le pavé de la ville. Elle regarda autour d'elle et vit Nahomée qui lui souriait. Elle eut, en la voyant, une grande surprise. Surprise de se trouver dans cet environnement inhabituel, qui lui semblait bien en mouvement et non pas dans sa chambre au manoir de la comtesse Anastasie, étonnée aussi en voyant le visage de la femme qui veillait sur elle. Nahomée était une grande et forte femme à l'opulente chevelure. Une chevelure rousse, mais pas du même roux qu'Aliénor, un roux plus sombre, plus brun, comme le bel acajou d'un meuble ancien qui se serait patiné avec le temps. Ses yeux d'un vert lumineux brillaient de malice et d'amitié, ce qui réconforta la fillette, encore toute déboussolée par ce réveil dans un tel endroit. Mais plus encore, ce qui étonna Aliénor, c'était la barbe que portait Nahomée. Oui, une barbe, pourtant c'était bien, à n'en pas douter, une femme qui était assise là. Et cette barbe était soignée d'une manière très particulière. Elle était tressée, de très fines tresses qui masquaient le cou de la dame. Même la moustache avait été tressée elle aussi et les pointes de ces tresses étaient tenues, barbe et moustache, par de fines perles de bois.

– Mais qui êtes-vous ? Demanda Aliénor, et pourquoi suis-je séant.

– N'aie aucune crainte, mon enfant, tu es ici dans ma propre roulotte et tu verras bientôt que d'autres roulottes nous précèdent et nous suivent. Tu es dans le cirque de Nahomée et je suis Nahomée. Mais souvent les gens des villages que nous traversons, des villes où nous montrons spectacle, nous nomment le cirque des rouquins. Car, comme tu pourras le constater, ici, nous sommes tous roux, de diverses nuances, mais indéniablement roux. Elle poursuivit :

– Pourquoi es-tu ici ? La question est d'importance, mais il est difficile d'y répondre dans l'instant. Le premier point est que tu n'avais pas ta place chez la comtesse Anastasie. D'ailleurs, y étais-tu heureuse ?

– Oh ! non, je m'ennuyais fort au manoir. Mais encore une fois pourquoi n'y avais-je pas ma place ?

– Eh bien ! La comtesse t'a amenée dans son manoir quand tu n'avais que quelques mois, te faisant tout d'abord passer pour la fille de son fils. Or, personne n'avait jamais entendu dire qu'elle ait eu un fils. Puis elle a voulu te présenter à la cour, il y a peu de temps. Elle a élaboré autour de toi un sombre dessein. Tu es encore jeune pour le comprendre, mais quand le temps sera venu, tout te sera révélé. Nous t'avons cherchée pendant toutes ces années. Enfin, lors de ton déplacement à la cour, Éldric t'a aperçue dans la calèche de la comtesse. Nous avions placé un obstacle sur la route, le chariot d'un maraîcher, car nous savions que ton sixième anniversaire allait amener la comtesse à déplacer ses pions sur l'échiquier de son stratagème. Ayant eu la confirmation de ta présence chez elle, nous n'avons pas tardé à te sortir de ses griffes. Maintenant, nous allons te protéger d'elle et de son noir capitaine, le temps nécessaire pour que les choses reprennent leur place naturelle. À moins, bien sûr, que tu ne souhaites retourner auprès d'elle ? Tu as le choix, jeune fille !

Aliénor s'exclama :

– Oh ! non, je n'aime pas être là-bas, je voudrais rester avec vous, vous me semblez bonne quand la comtesse m'effraie dès qu'elle s'approche de moi. Du manoir, je ne regretterai que Philibert le jardinier.

– Nous le tiendrons discrètement au courant afin qu'il ne s'inquiète. En attendant, nous allons te faire découvrir la vie du cirque des rouquins. Je t'assure que tu ne vas pas t'ennuyer, je te le promets. Déjeunons, puis nous irons faire connaissance de la troupe.

Nahomée sortit sur la plate-forme arrière de la roulotte pour signaler aux autres qu'on allait faire une pause. Quand elle rentra, Aliénor s'était levée et cherchait autour d'elle ses vêtements.

– Je vais te donner de quoi t'habiller, toutes tes affaires sont restées derrière toi, il aurait été inutile de les prendre, car comment rester inaperçue parmi nous, vêtue comme une princesse. Oh ! ce que j'ai à te proposer ne sera pas, j'en ai peur, bien luxueux, mais certainement plus confortable et discret, ce qui est le plus important, car n'en doutons pas, la comtesse va te faire rechercher. Le capitaine Hurcis est déjà probablement parti à ta poursuite. Mais nous avons pris une bonne avance et il va avoir du mal à nous retrouver ! C'est que nous avons nos petites astuces nous aussi, dit Nahomée avec un petit sourire énigmatique.

Elle ouvrit une malle où elle fouilla un moment, retirant une jupe bariolée, un joli corsage blanc brodé de rouge, un gilet écarlate également, des bas de coton et une paire de chaussures en cuir qui semblaient toutes neuves.

– Mais comment avez-vous fait pour avoir tout ça sous la main ? demanda ingénument la petite fille, tout est exactement à ma taille. Vous êtes une vraie magicienne ! s'exclama Aliénor, toute joyeuse, en s'habillant.

– Oh ! peut-être un tout petit peu, répondit Nahomée en souriant.

Puis les deux nouvelles amies descendirent du véhicule pour rejoindre les autres voyageurs. Les roulottes avaient formé le cercle traditionnel et les hommes allumaient le feu au centre, afin de préparer le repas du matin. Le campement était situé dans une vaste clairière, entourée d'une forêt assez touffue. On voyait de part et d'autre une route, ou plutôt un chemin forestier, tout juste assez large pour laisser passer le convoi. L'herbe poussait haute et drue au centre du chemin, signe qu'il n'était pas très fréquenté. La troupe se réunit autour de son chef et de la nouvelle venue. Tout le monde était impatient de faire connaissance de la petite fille. Pour sa part, cette dernière semblait intimidée devant ces nouveaux visages, elle qui n'était jamais sortie de son manoir et n'avait rencontré que peu de monde jusqu'ici.

Nahomée fit les présentations :

– Les rouquins, voici une nouvelle rouquine qui vient d'entrer dans la troupe, faites-lui bonne place et joyeuse compagnie ! Elle se nomme Aliénor. Nous veillerons à lui trouver une place quand elle aura pris quelques centimètres de plus. En attendant, elle va nous observer, regarder nos manières et nos coutumes, imiter nos tours et ensuite elle choisira ce qu'elle veut faire dans notre cirque. C'est ainsi que l'on a toujours procédé avec les nouveaux venus, comme vous l'avez tous vécu en votre temps.

Elle poursuivit, faisant le tour de la troupe et s'arrêtant auprès de chacun pour en indiquer le nom et la fonction à Aliénor, un peu étourdie.

– Ici est le grand Éldric, que tu as déjà vu, bien qu'il fût alors caché dans sa grande cape. Grande, il le faut, sinon il dévoilerait ses mollets de bois. L'homme-araignée est funambule et sur ses échasses, il marche sur un fil. La troupe se mit à applaudir comme s'il s'était agi d'une parade dans un village, pour inviter la population à venir au spectacle.

– Au suivant ! reprit Nahomée d'une voix forte, nous avons devant nous Timoléon, le palefrenier.

Timoléon était presque blond, mais quand même un blond qui tirait sur le roux, sinon il n'aurait pas eu sa place dans le cirque. C'était un jeune homme d'une quinzaine d'années, qui semblait déluré. Dès que Nahomée se tourna vers la personne suivante, il fila pour s'occuper de ses chevaux.

– Et voici maintenant Renaldo, le dresseur. Aidé de Timoléon, il gère notre cavalerie pour tirer les roulottes et pour faire le manège du cirque.

L'homme semblait rude, d'un certain âge, les mains calleuses et les joues râpeuses d'une barbe mal rasée, rousse, mais qui se teintait de blanc. Comme chez tous les membres du cirque, une lueur de bonté brillait dans ses yeux noirs.

– Chez les damoiselles, Uméline la contorsionniste, proche du serpent par la souplesse, et Pamélia l'acrobate qui préfère jouer les oiselles sur les trapèzes.

Elles devaient être sœurs, peut-être même jumelles, se dit Aliénor en regardant les deux jeunes filles. Du serpent, Uméline avait un peu le regard aussi, perçant et inquiétant, mais que démentait le franc sourire qu'elle adressait à la nouvelle venue. Quant à Pamélia, de l'oiseau elle imitait la parure et posait pour mettre en valeur sa grâce. La première laissait sa chevelure libre, qui tombait sur ses épaules, l'autre avait tressé ses cheveux et les enroulait en macarons sur ses oreilles. Peut-être était-ce pour des raisons pratiques, lors de ses acrobaties, se demanda Aliénor.

Venaient ensuite trois hommes forts, qui ensemble présentaient des tours d'hercules. Ils soulevaient des haltères comme si elles ne pesaient rien, tordaient des barreaux de fer et, en dehors du spectacle, montaient la tente et arrangeaient les bancs. Ils avaient pour nom, comme Nahomée le claironna : Magnus, Féréol et Vigor. Les trois sortaient du même moule, du muscle, encore du muscle et toujours du muscle, au point que leur tête en semblait petite par rapport au corps, surtout qu'ils avaient le crâne rasé. Ils ne portaient qu'un maillot moulant, qui leur servait aussi bien de tenue de travail que de costume de scène. La fillette s'amusa de voir la même toison rousse qui ornait la poitrine des trois malabars et dépassait de leurs maillots. Tous arboraient un grand sourire hilare qui faisait oublier à qui les voyait qu'en cas de bagarre ils pouvaient être redoutables.

– Voilà le cirque des rouquins au grand complet, bienvenue, Aliénor ! conclut Nahomée.

Toute la troupe applaudit à nouveau et Aliénor se sentit envahie d'une émotion qu'elle n'avait encore jamais ressentie. Elle venait de trouver une famille.

CHAPITRE VI

Le prince Achilas se rendit auprès du baron Ambroise des Marais. Ce dernier se trouvant au palais, il le conduisit donc dans un salon où l'on pouvait converser en paix.

– Mon cher Ambroise, le conseil me mande auprès de vous afin d'en savoir plus sur cette enfant que la comtesse Anastasie vient de présenter à la cour. Vous qui fréquentez son manoir, auriez-vous quelque nouvelle dont vous pourriez nous faire part ? Sans déroger à la discrétion, ceci étant bien entendu.

– Hélas, prince, répondit le baron, vous savez la comtesse fort avare de confidences.

Le prince sentait bien la gêne qui préludait à la réponse qui venait. Le baron poursuivit :

– Nous avons croisé l'enfant à plusieurs reprises et mon fils a même été invité à jouer au croquet dans les appartements de la princesse. Mais à part son prénom d'Aliénor, nous n'en savons guère plus.

– Princesse, dites-vous, cher baron ? Serait-elle de quelque noble famille étrangère ?

– C'est la comtesse qui nous l'a présentée ainsi, mais elle n'en a pas dit plus que cela.

– Pourtant, le bruit avait couru, si mes souvenirs sont bons, lors de l'arrivée de la petite au manoir, que c'était la fille du fils d'Anastasie, sa petite-fille donc. Mais je n'arrive pas à me rappeler un enfant à la comtesse.

– Prince, sauf votre respect, je pense que vous devriez prendre vos renseignements à la source et poser vos questions directement à la comtesse, qui sera à même, j'en suis certain, d'apporter tous les éclaircissements que vous souhaitez obtenir.

Mettant là un terme poli, mais sans réplique à ce qui pouvait commencer à ressembler à un interrogatoire, le baron salua le prince et sortit de la pièce, laissant ce dernier seul et surtout perplexe. Oui, on pourrait interroger la comtesse, mais quelle vérité voudrait-elle bien délivrer ? La sienne, mais serait-ce bien la vérité ? Le prince poursuivit son enquête en se rendant chez le marquis Sigismond de la Tour. Autant le baron Ambroise était d'un commerce agréable, bien qu'il ait opposé une fin de non-recevoir aux questions du prince, autant Sigismond, militaire de carrière, était sec et abrupt.

Achilas mit donc les formes à cette rencontre, invitant le marquis dans ses appartements où il lui offrit en préambule une coupe d'un excellent vin blanc des provinces de l'Est, dont il savait que Sigismond était friand. Ils évoquèrent des souvenirs communs de batailles menées aux frontières, où le prince avait brillé par son courage, rappelant ainsi au marquis que lui aussi était un guerrier accompli et qu'il n'avait pas à rougir de ses faits d'armes. Il aborda ensuite les exploits de son interlocuteur, afin de tenter de gagner ses bonnes grâces. Le marquis, échauffé par les trois coupes qu'il venait de vider coup sur coup, resservi à chaque fois par le prince sans tarder, se sentait en verve pour raconter ses combats à l'épée contre des ennemis redoutables. Toute la cour connaissait l'épisode où, malgré un coup de hache reçu à la jambe, donc il gardait toujours un boitement prononcé, il avait eu raison du général adverse, un combattant redoutable, en lui tranchant le cou du revers de sa fidèle épée. Le prince écouta donc sans sourciller une nouvelle version de ce combat épique, enjolivée comme Sigismond savait si bien le faire. Ce dernier oubliait que le prince connaissait parfaitement l'histoire, étant lui-même présent lors de cette escarmouche. Puis Achilas réussit à interrompre le marquis, laissant celui-ci se resservir du vin.

– Dites-moi, marquis, vous qui connaissez si bien le monde de la guerre, vous souvient-il de ce guerrier, mort en campagne à l'étranger, nous en parlions l'autre jour, vous savez, le fils de la comtesse

Anastasie. Je n'arrive pas à me souvenir de son nom, j'ai beau me creuser la cervelle, ça ne me revient pas.

– Ah ah ! s'esclaffa le marquis, et pour cause ! Vous ne risquez pas de vous en souvenir, car cette chère comtesse n'a jamais eu d'enfants. J'ai bien connu son époux et servi sous ces ordres. Un redoutable soldat, ce comte Fulbert d'Estringeois. Il se battait comme diable furieux et c'est en le voyant faire que j'ai tout appris. Hélas, les meilleurs partent et nous autres restons, ajouta-t-il en remplissant de nouveau sa coupe.

Son visage avait pris une teinte vermillon et son discours se faisait un peu plus hésitant et bafouillant à chaque coupe engloutie. Le prince pensait en lui-même qu'il pourrait peut-être en apprendre un peu plus avant que l'homme ne s'écroule, ivre.

– Ah ! j'avais cru que la princesse qui habite au manoir de la comtesse était sa petite-fille, du moins c'est ce qu'on disait au palais.

– Oh ! Ça, je peux vous jurer que la comtesse n'a jamais eu d'enfant, ni fille ni garçon, le comte Fulbert s'en désolait souvent et avait même envisagé un jour de la répudier pour en épouser une autre qui lui donnerait progéniture. Il y avait bien quelques bâtards de-ci de-là, mais il aurait souhaité un fils légitime à qui transmettre son domaine.

– Mais cette princesse, alors ? risqua le prince, comptant sur l'ivresse du marquis pour lui tirer les vers du nez.

– La princesse, il suffit de la regarder pour savoir qu'en penser. Elle a une chevelure fort particulière et la logique n'est pas bien difficile à suivre en ce cas. La cour ne bruisse que de ça, depuis l'autre jour, où elle est passée dans le hall, suivant à pas forcé cette chère Anastasie. Sortez donc un peu de votre tour d'ivoire, mon ami. Et sur ces mots, il s'écroula, la tête entre les bras, sur la table du prince, vaincu par l'ennemi habituel du soldat et le plus redoutable : l'alcool en dose excessive.

Le prince le laissa dormir, donnant l'ordre aux valets de le porter sur quelque banc dans le grand hall pour qu'il finisse d'y cuver son vin, et de revenir afin d'aérer la pièce ensuite.

Puis il alla se promener dans le palais, cherchant à écouter les conversations, mais chacun baissait la voix et se taisait quand on le voyait passer. Il finit donc par décider de rencontrer le mage Ulysse. Ce dernier savait tout des rumeurs, des potins, des médisances, car nombre de nobles personnes se confiaient à lui pour demander conseil, sur leurs amours, sur des soins, sur l'avenir qu'il prédisait en observant les étoiles. Le domaine du mage se situait dans la partie ancienne du palais, le vieux castel, qui n'était plus guère utilisé depuis la construction du nouveau, bien plus grand, aéré, lumineux et confortable. Les communs, cuisines et logements des serviteurs avaient été relégués dans l'ancien château. Ulysse avait revendiqué le donjon afin d'y installer sa bibliothèque, son laboratoire et aussi un observatoire astronomique dans la pièce la plus haute de la tour. C'est là qu'il reçut le prince, le fit asseoir dans un confortable fauteuil et avança un petit tabouret à ses côtés, sur lequel il posa son imposante personne. Pour se donner l'image d'un mystérieux mage oriental, il avait choisi de se revêtir d'habits bariolés et d'une toque rouge ornée d'un pompon noir qui pendait parfois à droite, parfois à gauche, en fonction du côté où il penchait la tête. Il inclinait toujours le visage en écoutant ses interlocuteurs, donnant ainsi une impression d'attention profonde et d'humilité qui facilitait les confidences. Mais le prince n'était pas dupe, il connaissait parfaitement le personnage et ses manigances. Il en vint donc immédiatement aux faits :

– Dites-moi donc, Ulysse, ce qui se raconte dans les couloirs à propos de cette jeune princesse Aliénor que la vieille Anastasie a prise sous son aile.

– Mais je ne sais rien d'elle à proprement parler, vous savez bien comme la comtesse est cachottière.

– Je ne vous demande pas la vérité, mais ce qui se raconte dans les couloirs. Il y a parfois, pour qui sait la discerner, une part de vérité dans tous les bavardages qui emplissent ce palais, mais elle se cache au milieu de bien des mensonges, des médisances et des billevesées.

– Ce qui se raconte, c'est assez simple, comme un et un font deux. Il suffit d'ouvrir les yeux. Elle est rousse, et d'un roux assez particulier. Ludovic présente une chevelure rousse assez similaire qui recouvre son auguste tête couronnée. Notre roi a subi une triste mésaventure lors d'une certaine chasse, il y a six années révolues. Il en est revenu vidé de son esprit, qui jadis était si brillant, mais que s'est-il bien passé pendant cette semaine d'absence ? Et quelque temps après arrive chez la comtesse un nourrisson qui porte une semblable toison. On peut rapidement tirer conclusion de ces deux événements. Point n'est besoin d'être devin. Anastasie présente une « princesse », se pourrait-il que… Les astres que j'ai consultés à ce propos…

– Oh ! Ulysse, épargnez-moi ce discours, vous savez que je ne suis pas client des fariboles que vous monnayez aux plus crédules.

– Mais vous venez pourtant me consulter, prince, répliqua le mage avec un sourire onctueux, avançant la main vers celui-ci pour recevoir le prix du conseil en question.

– Allons, allons, je suis venu chercher confirmation des ragots qui traînent dans la cour et que l'on tait à mon passage, voilà tout. Tenez ceci pour votre service, ajouta-t-il en laissant tomber un écu dans la grasse main tendue qui se referma avidement sur la pièce.

Le prince se leva et se dirigea vers la porte. Il se rendit immédiatement dans le cabinet de travail du régent pour lui faire un petit rapport de ces rencontres. Il n'avait rien appris de plus que ce qu'il savait déjà, mais cela venait confirmer son opinion.

– Duc, dit-il au régent, il commence à se répandre le bruit, le mot est faible : tout le monde en parle au palais, que la princesse amenée par Anastasie d'Estringeois pourrait être la fille cachée de Ludovic, roi, conçue lors de la disparition de ce dernier pendant cette funeste chasse. Les dates semblent correspondre et la coïncidence des chevelures est assez troublante pour que tout le monde en soit persuadé. Ulysse en a même invoqué les astres, c'est vous dire, ajouta le prince avec un sourire ironique.

– Faites venir devant le conseil la comtesse Anastasie, nous la sommerons de nous dire ce qu'elle sait. Mais peut-on avoir confiance en sa parole ? Je pressens là-dessous quelque sombre manigance.

Le prince acquiesça aux paroles du régent et se retira afin d'organiser une réunion extraordinaire du conseil pour la semaine suivante.

CHAPITRE VII

Entre-temps, au manoir de la comtesse, Hurcis avait fait le tour par les champs, accompagné de Théolin. Pancrace revenait d'inspecter la rue et de questionner les voisins. Jaquelin était resté dans les lieux et s'était penché sur les allées du jardin pour en repérer les moindres traces suspectes. Ils se retrouvèrent dans la salle de garde pour mettre en commun leurs observations.

– Nous avons vu des traces sur le sentier, près des potagers, dit le capitaine. Ils ont dû passer par la poterne, mais j'ai vérifié, celle-ci est verrouillée. Je viens d'en rechercher la clé, elle était au fond de mon tiroir et recouverte de poussière, car elle n'avait pas servi depuis fort longtemps. L'autre clé est au trousseau personnel de la comtesse. Je doute fort qu'elle s'en soit servie pour ouvrir la porte. Je ne manquerai pas de lui en faire part, mais en attendant qu'avez-vous vu ou entendu de votre côté ?

Pancrace prit la parole :

– Rien en ville, pour les traces, je n'en espérais guère sur le pavé, pour les voisins, j'ai propagé cette fable de maraudeurs, mais elle n'a trouvé aucun écho. Me voilà donc bredouille de ce côté.

– Dans le jardin, on trouve de drôles de signes dans le gravier des allées, comme si l'on avait traîné des bâtons sur le sol, mais ces traces sont interrompues de manière régulière. On dirait que le bâton était levé puis reposé à intervalles égaux. Des cannes ? Un infirme ?

– Oui, Jaquelin, bien observé, cela correspond à ce que nous avons vu sur le chemin, répondit Hurcis, dans la terre on voyait nettement des marques carrées, comme si l'on avait planté un bâton dans le sol, ou plutôt deux, des cannes, c'est une hypothèse. Il y avait aussi d'autres traces de pas, donc une petite troupe, trois personnes au moins, plus peut-être, le sol est sec et les pas ne marquent pas outre mesure. Allons, suivons cette piste tant qu'elle est fraîche.

S'étant muni de la clé de la poterne, Hurcis ouvrit celle-ci et la franchit, suivi des gardes. Ils prirent la précaution de bien la refermer et filèrent le long du chemin. Arrivés au petit bois, ils virent que les traces se poursuivaient sur le sentier et étaient bien visibles, car le sol était meuble, ayant gardé un peu d'humidité. On voyait bien, espacées régulièrement, les marques un peu plus profondes des deux bâtons plantés et les traces de pas du petit groupe.

– Un homme à jambes de bois ? demanda Pancrace, qui cogitait sur ces signes étranges.

– Il en aurait deux ? Il lui faudrait aussi des béquilles dans ce cas, rétorqua Jaquelin.

– Allons, avançons, nous ferons le point quand nous en saurons plus, pas de théories incertaines. Telle fut la réflexion d'Hurcis, énoncée sèchement, qui cloua le bec aux gardes.

Ils suivirent la piste jusqu'à sortir du bois, qui n'était pas très étendu. Là, ils virent qu'il y avait eu un campement au bord de la route. De nombreuses traces de roues de charrettes, un foyer éteint, tout montrait que les gens qu'ils suivaient étaient montés dans des véhicules qui les attendaient à cet endroit précis. Les marques des roues les menèrent jusqu'à une grande route proche. Mais là, il fut impossible de dire dans quelle direction les chariots étaient partis. Le chemin était assez fréquenté et les traces se mélangeaient à d'autres. Ils ne pouvaient pas deviner lesquelles étaient celles de la troupe qu'ils poursuivaient.

– Retournons au manoir, nous formerons deux groupes qui suivront chacun une direction. À cheval, nous pourrons les rattraper. Attention toutefois à ce qu'ils ne nous repèrent pas. Jaquelin partira avec moi, nous irons vers l'Ouest, vous deux de l'autre côté. Donnons-nous trois jours, puis nous nous retrouverons afin de faire le point.

Les quatre hommes reprirent le chemin de la demeure pour mettre leur plan à exécution.

Pendant ce temps, le baron Ambroise des Marais avait rendu visite à la comtesse, fort des dernières informations en provenance du palais.

– Comtesse, j'ai subi l'inquisition du prince Achilas, qui voulait en savoir plus sur Aliénor. Comme vous vous en doutez, je n'ai rien dit et l'ai planté là poliment, mais fermement. Mais un peu plus tard m'est parvenue aux oreilles la nouvelle de la convocation d'un conseil extraordinaire où vous serez mandée afin de dire toute la vérité sur l'enfant. J'ai sauté sur mon cheval pour venir vous en informer au plus tôt.

– Et vous avez bien fait, baron, je vous en suis reconnaissante. L'heure n'est pas venue pour moi de me présenter à la cour. Ne soyez pas surpris si je m'absente quelque temps, mais ne dites rien de notre présent entretien, je vous prie.

– Il en sera fait selon vos désirs, chère amie, rétorqua le baron qui comptait bien trouver son avantage dans cette affaire-là, bien qu'il n'en sache pas plus que ce qu'il avait dit au prince.

Il se retira tandis que la comtesse, impatiente, attendait le retour de son capitaine pour prendre les mesures qui s'imposaient d'urgence. Quel désagrément que cet enlèvement, juste au moment où la deuxième phase de son plan venait de s'enclencher et semblait prometteuse !

Enfin, Hurcis pénétra dans le manoir où dame Anastasie l'attendait, le regard sombre à l'idée de ce qui venait de lui être dévoilé.

– Ah ! Enfin, vous voilà ! dit-elle au capitaine d'une voix rude.

Ce dernier allait lui faire son rapport sur la recherche qui prenait forme, mais elle ne lui en laissa pas le temps.

– Que l'on me prépare la calèche, elle doit être rentrée du voyage d'exil de dame Honorine, je pense. Je dois moi-même disparaître quelque temps afin d'échapper aux questions du conseil qui veut me convoquer. J'irai dans la demeure que vous savez, qui est suffisamment isolée et inconnue, même de mes amis, pour qu'on ne vienne m'y chercher. Vous m'y retrouverez avec la fillette dès que vous l'aurez retrouvée. Alors, qu'a donné votre recherche ?

– Nous avons une piste, des chariots, ils ne doivent pas avancer bien vite et à cheval nous les rattraperons d'ici un jour ou deux. Tout va très vite rentrer dans l'ordre, assura le noir soldat, l'air sûr de lui.

– J'espère que vous dites vrai et vous en avez intérêt, car tout notre plan repose sur elle. Il faut remettre la main dessus le plus rapidement possible. Allez ! D'abord ma calèche, puis votre chasse. Tenez-moi au courant par des courriers secrets, comme vous le savez.

La comtesse et le capitaine avaient mis en place un langage crypté afin de correspondre à distance sans que nul ne puisse prendre connaissance de la teneur de leurs échanges.

Une heure plus tard, le portail du manoir s'ouvrait sur la rue principale, laissant passer la calèche avec un cocher fouettant ses bêtes et criant après les manants pour qu'ils fassent place. Suivaient quatre cavaliers qui partirent en trombe, eux aussi, en direction de la grand-route.

Avant que le portail ne se referme, un garnement des rues s'était faufilé et discrètement avait gagné le jardin. Là, il alla trouver Philibert et lui glissa quelques mots à l'oreille. L'homme arbora un grand sourire, puis il raccompagna le gamin à la petite porte des domestiques menant à une ruelle, d'où le garçon put filer sans que la garde restée au manoir l'eût aperçu.

Au carrefour où la route prenait des directions opposées, Hurcis fit un signe de la main à ses compagnons, puis, sans un mot, lança sa monture vers l'Ouest, suivi comme son ombre par Jaquelin. Les deux autres s'élancèrent dans la direction opposée.

Hurcis galopa toute la journée, au point que son cheval faillit s'écrouler sous lui. Jaquelin avait ménagé un peu plus sa monture et donc avait pris un peu de retard. Il rattrapa son capitaine à l'auberge où Hurcis avait été bien obligé de faire une pause.

– Capitaine, inutile de maintenir un tel train, ils ont une bonne journée d'avance, mais nous les aurons rattrapés dès demain sans aucun doute. Si toutefois ils ont pris cette direction. J'ai questionné des passants sur le chemin, des paysans dans leurs champs, mais ils n'ont pas remarqué de convoi. Peut-être Pancrace et Théolin auront plus de chance.

Hurcis fit une grimace, il fallait que ce soit lui qui la retrouve, son honneur était en jeu. Il était furieux que plusieurs pistes se soient ouvertes et qu'il ne puisse pas les suivre toutes les deux en même temps par lui-même. Après tout, cette petite, c'était lui qui l'avait ramenée, six ans auparavant. Il eut du mal à trouver le sommeil, si cela n'avait tenu qu'à lui, il aurait continué la poursuite, de nuit même. Mais son cheval n'aurait pas supporté l'effort. Comme l'auberge ne faisait pas relais de poste, il n'y avait pas de chevaux de rechange.

Dès le déjeuner avalé, il enfourcha sa monture et se remit au galop. Au loin, suivait toujours Jaquelin. Ce dernier rattrapa Hurcis qui s'était arrêté à une bifurcation et examinait le sol avec attention. Sur la grand-route, pas question de repérer des traces parlantes, mais sur le chemin qui partait vers la droite ? Il y avait bien des marques de roues de charrettes. Étaient-ce les bonnes ? Ce n'était peut-être que charroi de paysans transportant le foin ou le grain à la ville pour en faire commerce. Comment savoir ?

– Jaquelin, suis cette piste pendant une heure ou deux, si elle ne donne rien, ne perd pas de temps et rejoins-moi à l'étape suivante, nous ne devons pas être très éloignés du Moulin de la Divelle. Il y a ensuite, à quelques lieues, un bourg où je t'attendrai.

Puis Hurcis fila sur la route principale comme s'il avait le diable à ses trousses. Jaquelin repartit, mais à une allure plus raisonnable, attendant la prochaine ferme pour se renseigner sur le trafic de ce chemin. Cette piste n'était pas la bonne et il retrouva son maître au bourg indiqué, que l'on nommait la Tour sur Divelle, à cause du vieux castel en ruine qui dominait un méandre de la rivière.

La journée suivante ne donna pas plus de résultats, au grand dam d'Hurcis qui enrageait de plus en plus. Ils durent se résoudre à rebrousser chemin, espérant que Pancrace et son compagnon aient eu plus de chance vers l'Est. Hélas, en arrivant au manoir, l'autre équipe les attendait, et ils étaient bredouilles également.

Hurcis rédigea alors un message dans le code convenu pour informer la comtesse de leur déconvenue. Il savait que cette dernière n'allait pas apprécier la teneur de ce pli. Il était finalement un peu soulagé qu'elle ait été obligée de s'exiler, afin de ne pas avoir à encourir sa colère face à face, mais savait que la recherche ne faisait que commencer. Il s'engageait dans une course contre le temps. Retrouver la princesse Aliénor devenait pour lui une urgence cruciale.

Mais où avait bien pu passer ce convoi ? Les traces à la sortie du petit bois étaient pourtant bien lisibles, il y avait eu là plusieurs lourds chariots, on distinguait bien les sabots des chevaux, le feu du campement était récent. Hurcis retourna sur les lieux pour vérifier tout cela. Il décida alors de lancer ses soldats pour ratisser le pays, avec comme instruction de questionner la population sur ce convoi mystérieux, mais sans chercher à prendre contact, puis de revenir ventre à terre l'en informer. Pour sa part, il était dans l'obligation de rester au manoir pour attendre les instructions de la comtesse et également une éventuelle information de ses limiers. Le capitaine noir rongeait déjà son frein. Attendre, ce n'était pas du tout à son goût, mais il n'avait pas le choix. Gare à celui qui s'approcherait de lui pendant cette période, car il était d'une humeur comparable à celle d'un dogue à qui l'on n'a pas donné sa pitance pour le rendre encore plus féroce.

CHAPITRE VIII

Depuis ces quelques jours qu'elle vivait parmi eux, Aliénor s'était mise au rythme du cirque. La troupe avait élu domicile aux abords d'une bourgade de moyenne importance. Les trois hercules s'affairaient à monter le chapiteau. Ils tiraient de la roulotte dédiée au transport du matériel, les mâts, les ferrures, les cordes, qui, ajustés de la bonne manière, fourniraient l'abri nécessaire pour recevoir le public et présenter le spectacle. Renaldo et Timoléon leur venaient en aide avec les chevaux pour dresser la structure, hisser la toile et sortir les planches et les bâtons qui, assemblés, constitueraient les bancs destinés aux spectateurs.

Uméline s'était mise un peu à l'écart et faisait des exercices d'échauffement, s'enroulant sur elle-même comme un chat. Elle étirait ses membres et finissait par rouler au sol en formant une sphère où l'on ne distinguait plus ni bras, ni jambes, ni tête. Pendant ce temps, Pamélia grimpait aux arbres proches en attendant que son trapèze soit fixé entre les mâts principaux de la tente. L'enfant aurait bien voulu rejoindre les deux artistes dans leurs mouvements tant elles étaient gracieuses. Les pieds et les mains la démangeaient.

Éldric avait filé sur ses échasses, elle ne savait pas pour quelle raison. Elle se tenait près de Nahomée, admirant tous ces exercices qui n'étaient en fait que la préparation d'un spectacle, à venir, qu'elle était impatiente de découvrir.

— Nahomée, que fait donc Éldric ? Je l'ai vu partir tout à l'heure, il semblait pressé.

— Mon enfant, je l'ai chargé de surveiller les alentours. On a certainement dû se lancer à ta poursuite.

— Oh ! Ils vont me ramener au manoir ?

— Pas si je peux les en empêcher et j'ai pour ça quelques petites astuces. Pendant que tu dormais, la nuit où nous t'avons enlevée du manoir, nous avons parcouru plus de chemin qu'ils ne le pensent. Nous sommes maintenant hors de leur portée, du moins pendant un moment. Nous avons passé la frontière, ce dont ils ne se doutent pas le moins du monde. Avant qu'ils ne nous repèrent, nous serons partis ailleurs. Nous avons sur eux un petit avantage.

Aliénor n'avait pas la moindre idée de ce dont parlait Nahomée. Distance, trajets, frontières, pour une petite fille qui n'était jamais sortie de son manoir et qui n'était âgée que de six ans, ça ne voulait pas dire grand-chose. Elle continua donc de regarder les activités de la troupe. Pour le moment, sa seule question était : quelle serait sa place dans ce petit monde ?

– Nahomée ?

– Oui mon enfant, répliqua d'une voix douce la femme à barbe.

– J'aimerais bien m'occuper des animaux, mais ces chevaux me semblent si grands et gros.

– Oh ! Tu aimes donc les bêtes. Attends un peu, je reviens dans un instant.

La grande femme se leva et gagna une des roulottes qui étaient garées de l'autre côté du cercle. Elle revint un instant plus tard, portant un panier d'osier garni d'une couverture. D'où elle était assise, Aliénor ne pouvait pas deviner ce que contenait ce panier.

Nahomée posa celui-ci aux pieds de la fillette. Aliénor vit alors avec émerveillement cinq petites boules de poils : des chatons. Ils dormaient, pelotonnés les uns contre les autres. Tous avaient le poil roux, mélangé de blanc et étaient tigrés, à l'exception d'un seul. Elle poussa un cri de surprise et de plaisir, elle avait toujours rêvé d'avoir un petit chat, mais dame Honorine s'y était absolument refusé.

– Je peux en avoir un pour moi ? demanda-t-elle.

– Tu peux t'occuper des cinq si tu veux. Mais attention, ce n'est pas facile, il faut t'engager à en être responsable, pour tout le temps de leur existence. Ils vont dépendre de toi et tu ne dois pas les délaisser.

– Est-ce que l'on peut dresser des chats ? Comme Renaldo avec ses chevaux, pour leur faire faire des tours ?

Elle avait vu, lors des pauses de leur voyage, Renaldo et Timoléon faire répéter aux chevaux les numéros de manège qui seraient présentés au spectacle du cirque des rouquins. Elle était en admiration devant ce qu'ils arrivaient à faire, obéissant au moindre signe du doigt de leurs dresseurs.

Nahomée éclata de rire.

– Tu peux toujours essayer, mais attention, les chats, et les chatons surtout, n'en font le plus souvent qu'à leur tête. Ces petits animaux sont très intelligents et ce sont eux qui dressent leurs maîtres à leur donner ce dont ils ont envie. Le contraire est rarement vrai. Mais qui sait, peut-être auras-tu plus de chance ?

Dans le panier, les chatons s'étaient réveillés et s'étiraient en tendant leurs pattes et en sortant leurs petites griffes. Aliénor en saisit un et le posa sur ses genoux. Le petit animal se mit à ronronner. La fillette était aux anges.

Nahomée l'informa :

– Sur les genoux, tu as Zéphirin, les autres ce sont Zélias, Zémaüs, Zénon et Zénor.

Elle détailla :

– Zélias a les pattes blanches, Zémaüs c'est le bout de la queue, Zénon les oreilles et Zénor c'est le ventre. Zéphirin a de grandes taches au lieu de rayures. Tu t'en souviendras ?

Aliénor se répétait à elle-même, les pattes, la queue, les oreilles, le ventre, pour Zéphirin ça ira. Elle passa la matinée à jouer avec ses nouveaux amis et à se renseigner sur ce qu'ils allaient manger. Les chatons avaient bien compris à qui ils avaient affaire et maintenant Aliénor ne pouvait plus se déplacer sans avoir les cinq petites bêtes qui la suivaient la queue dressée, en file indienne. Voyant cela, Nahomée dit à l'enfant :

– Tu vois, tu as déjà réussi ton premier numéro, un défilé de chatons.

Aliénor était fière de son premier succès, elle essaya alors, en marchant, de faire un petit cercle, comme les chevaux sur la piste du cirque, mais les chatons s'égayèrent et se mirent à se bagarrer entre eux dans l'herbe, ignorant totalement leur nouvelle dresseuse.

Timoléon regardait de loin, ayant fini d'aider les hercules à hisser la toile. Il s'approcha et dit à Aliénor.

– Bah ! ne t'en fais pas, le dressage c'est de la patience, je t'expliquerai. Et il te faut leur donner une récompense si tu veux qu'ils fassent des tours. Je ne sais pas si ça marche avec les chats, mais on peut toujours essayer.

Les petits chats étaient retournés dans leur panier et y faisaient une sieste bien méritée. C'est dur la vie de chaton, surtout dans un cirque. Aliénor s'intéressa alors aux hercules. La tente montée, ils répétaient leurs tours. Ils commençaient par la pyramide humaine. Malgré leur apparence d'hommes forts et lourds, ils se montraient très agiles et s'escaladaient les uns les autres comme s'ils n'avaient rien pesé, roulaient ensuite au sol aussi souplement qu'Uméline, la contorsionniste, pour se relever d'un bond et saluer un public imaginaire. Puis ils prenaient les barreaux de fer qu'ils avaient empilés dans un coin et chacun à leur tour, les pliaient, les tordaient comme s'ils étaient faits d'une matière molle et souple. Au point qu'Aliénor s'avança pour regarder une barre tordue que Vigor avait déposée là. Elle posa la main sur le fer froid, sa menotte ne pouvait même pas en faire le tour, quant à le soulever, il n'en était pas question. C'était bien fait de lourd métal. Elle regarda le costaud qui souriait en surveillant du coin de l'œil la vérification qu'elle effectuait.

Éldric était revenu au campement et chuchotait à l'oreille de Nahomée. Les deux semblaient tranquilles et souriants. Aucun danger ne devait être en vue pour le moment.

Les hercules avaient tordu toutes les barres et s'étaient retirés dans leur roulotte pour se rafraîchir un peu. Tous ces efforts donnaient soif et puis un peu de toilette ne faisait pas de mal, après avoir eu chaud comme ça.

Aliénor vit Nahomée s'approcher du tas de barreaux tordus que sa forte silhouette cacha un instant à la vue de l'enfant. Elle ne voyait plus que le dos de la femme à barbe qui s'éloigna ensuite. Elle la suivit des yeux, puis son regard revint sur les barres, elles étaient bien empilées et parfaitement droites, comme avant que ne commence l'entraînement des hercules. Elle courut de toute la vitesse que lui permettaient ses petites jambes vers la grande femme et lui attrapa la jupe, alors que celle-ci allait rentrer dans sa roulotte.

— Comment avez-vous fait, ces barres étaient tordues, je les ai bien vues, j'en ai même touché une. Maintenant, elles sont comme neuves, toutes droites.

— Mon enfant, as-tu appris à lire ?

– Je sais reconnaître les lettres et lire les syllabes, j'avais un petit livre où dame Honorine me montrait l'alphabet, mais…

– Pourrais-tu me lire ce qu'il y a d'écrit sur ma roulotte ?

– Ma-da-me Na-ho-mée, énonça l'enfant,

– Et en dessous, reprit la femme à barbe,

– Ma-gi-ci-enne.

– Voilà, magicienne… Crois-tu que j'aurais marqué « Magicienne » sur ma roulotte si ce n'était pas la vérité ?

Et sur ces mots, elle entra dans la roulotte, laissant l'enfant réfléchir à ce qu'elle venait d'apprendre.

Aliénor alla alors rejoindre Timoléon, qui était devenu son ami maintenant qu'il avait déclaré vouloir lui apprendre à dresser ses chatons et elle lui demanda :

– Alors c'est vrai, Nahomée est une magicienne, une vraie ?

– Si c'est elle qui te le dit, penses-tu que tu devrais la croire ?

– Euh ? Oui, je crois, ajouta-t-elle après un petit instant de réflexion.

Timoléon ajouta :

– C'est pour ça que tes poursuivants ne nous ont pas rattrapés, nous avons voyagé à une vitesse dont ils ne se doutent pas. Nous sommes dans un pays lointain où ils ne viendront pas nous chercher de sitôt.

Aliénor se sentit soulagée. Depuis son enlèvement au manoir, elle craignait voir surgir à tout instant le noir capitaine Hurcis, qui la saisirait pour la ramener à son point de départ, à sa prison.

CHAPITRE IX

Le lendemain, après le petit déjeuner, toute la troupe mit ses plus beaux habits, ceux du spectacle, pour aller parader dans le bourg et avertir la population qu'une représentation allait se jouer le soir même.

Éldric ouvrait la marche, sur ses échasses. Pour l'occasion il avait chaussé le grand modèle, celles qui étaient réservées pour la grande parade. Ainsi équipé, il dépassait les deux mètres cinquante et sa taille remarquable était encore amplifiée par le chapeau pointu qu'il arborait fièrement. Suivaient les deux belles damoiselles. En blanc brodé de rouge, faisant la roue et marchant sur les mains, venait Pamélia et en rouge brodé de blanc serpentait et ondulait la belle Uméline ; elle lançait ses étranges regards sur les badauds qui s'étaient rassemblés le long de la rue principale. Timoléon menait un fringant poney à la longe. À intervalles réguliers, il le faisait volter, se cabrer et saluer le public. Renaldo était resté au camp avec le reste de la cavalerie. Venait ensuite la femme à barbe, l'extraordinaire magicienne Nahomée, qui, tout en marchant, faisait jaillir de ses mains des fleurs qu'elle envoyait vers le public ébahi. Aliénor l'accompagnait, se tenant un peu en retrait intimidée par ce qui était pour elle une foule nombreuse. Mais peu de gens faisaient attention à une si petite fille, car les trois hercules fermaient le défilé avec leurs instruments de musique. En effet, Vigor s'était muni de sa saqueboute, Féréol de sa trompette et Magnus d'un tambour sur lequel il frappait de bon cœur en accompagnant ses camarades dans une joyeuse fanfare.

En tête du cortège, Éldric annonçait régulièrement d'une voix forte que la représentation aurait lieu à la tombée du jour, sur la prairie à la sortie du village. Il nommait ensuite ses compagnons, omettant le prénom d'Aliénor, parce qu'elle ne participait pas encore au spectacle et surtout pour éviter que le renseignement ne tombe dans des oreilles indésirables, ce qui avait peu de chance d'arriver dans un endroit si éloigné du royaume de Ludovic, mais on ne savait jamais.

La troupe arriva sur la place centrale et fit quelques démonstrations, à la plus grande joie du public amassé, puis la parade refit le chemin en sens inverse pour retourner au campement. Plusieurs enfants les accompagnèrent et restèrent un moment à rester bouche bée devant les chevaux, espérant profiter encore de quelques acrobaties, mais les artistes s'étaient réfugiés dans leurs roulottes respectives afin de reprendre des forces pour le prochain spectacle.

Vint le soir, le soleil baissait à l'horizon. Sur ses échasses, le funambule allumait les lanternes suspendues aux poteaux dans la prairie, puis celles qui avaient été disposées dans le chapiteau. Les gens du village arrivaient par petits groupes, curieux de ce qu'ils allaient voir. Les occasions de se divertir n'étaient pas si nombreuses dans ce coin reculé du pays. Bientôt les bancs furent tous occupés.

Éldric ouvrait le spectacle, après un court prélude musical. Pendant son numéro, les hercules musiciens firent silence, il fallait que toute l'attention du public soit tournée vers le funambule et que chacun retienne son souffle. Après un tour de piste sur ses grandes échasses de parade, où il esquissa quelques pas de danse et ôta son grand chapeau en s'inclinant devant les dames du premier rang, il s'assit un court instant pour chausser un modèle de bâtons plus courts.

Un filin avait été tendu à bonne hauteur, entre les deux poteaux principaux qui soutenaient la toile et chacun poussa un soupir d'étonnement quand Éldric monta l'escabeau et se mit à traverser l'espace en faisant de grands pas sur le filin. Marcher sur un fil étonne toujours le public, alors que beaucoup y arrivent avec un peu d'entraînement. De plus, la plupart des funambules utilisent un grand balancier pour corriger leur équilibre. Mais Éldric était un grand maître de la discipline ; pas de bâton pour lui. Ses échasses ajoutaient au péril de l'exercice et donnaient de la valeur à l'exploit. Il traversait le fil d'une allure rapide et d'un petit bond, alternait les échasses avant de repartir de plus belle, tournant sur lui-même à l'extrémité du câble pour revenir à son point de départ. Le public cria sa joie quand il redescendit l'escabeau et disparu derrière le rideau.

On fit venir ensuite les chevaux, harnachés pour l'occasion. Renaldo, dans un beau costume bleu d'azur avec des galons dorés, mena le manège pour un tour de piste, puis il fit virevolter les bêtes comme Timoléon l'avait fait pendant la parade avec le poney ; mais cette fois-ci c'étaient huit chevaux qui évoluaient dans un ensemble parfait. Les bêtes saluèrent avant de se retirer. Renaldo revint avec le joli poney de la parade et lui fit exécuter des tours où il devait taper avec son sabot devant tel spectateur que lui désignait son dresseur, compter les doigts qu'on lui montrait et faire mille autres facéties pendant que la fanfare rythmait le numéro. Timoléon, pendant ce temps s'occupait de la piste dont il balayait le crottin afin de permettre les numéros suivants.

Ce fut ensuite le tour des hercules. Timoléon laissa son balai et emprunta la trompette de Féréol pour jouer un air joyeux pendant que les hommes forts faisaient quelques acrobaties préliminaires. Après avoir démontré leur agilité, ils s'attaquèrent aux barreaux, invitant au préalable le forgeron du village, qui était venu encore revêtu de son grand tablier de cuir, à vérifier que toutes les barres étaient bien authentiques. Le forgeron prit son rôle très au sérieux, au point qu'après avoir soupesé toutes les barres, il tenta d'en tordre une. Ayant échoué, il salua comme s'il était lui-même un membre de la troupe, ce qui fit bien rire le public. Puis les hercules se mirent au travail. Non contents de tordre les barres, ils les arrangèrent de telle sorte qu'elles finirent par former une petite cage d'environ soixante centimètres de côté, qu'ils posèrent sur un tonneau qui avait été peint de couleurs éclatantes. Sur une joyeuse sonnerie de trompette, le public laissa éclater sa joie, le forgeron le premier.

C'est alors que se présenta Uméline, dans son fourreau rouge brodé de blanc. Le fil blanc brillait dans la lumière des nombreuses lanternes qui éclairaient la piste. Elle salua lentement pendant que Timoléon, qui avait gardé la trompette, jouait un air grave et mélancolique. Vigor s'avança et vint se placer près du tonneau où la cage était restée posée. Il prit de ses fortes mains deux des barres d'un côté et les écarta pour constituer ainsi une ouverture. Puis il se retira. La musique plaintive de Timoléon, jouée en sourdine, se poursuivait, mais les spectateurs étaient maintenant captivés par la belle jeune femme qui monta sur le tonneau et entreprit de se faufiler dans la cage. Elle ondulait et glissait de manière imperceptible. Quand Timoléon joua la dernière note de l'aria, la jeune femme était tout entière dans la cage dont elle occupait tout l'espace, comme si elle était devenue cubique. Le public restait coi, incrédule que l'on puisse tenir dans un espace aussi exigu. Puis, comme un ruban que l'on tire d'une boîte, elle ressortit rapidement de la cage et, debout sur le tonneau et salua le public. Timoléon souffla dans la trompette une salve de notes victorieuses, ce qui déclencha les vivats des spectateurs.

Les hercules reprirent leurs instruments. Féréol bouscula Timoléon qui faisait mine de ne pas vouloir lui rendre sa trompette, le fit rouler jusqu'au milieu de la piste, faisant ainsi rire les enfants. Le garçon fit encore quelques cabrioles et s'éclipsa tandis que la musique reprenait pour accompagner les gracieuses évolutions de Pamélia au trapèze.

Enfin Éldric, de nouveau sur ses grandes échasses, éteignit quelques-unes des lanternes pour ne garder de la lumière que sur le centre de la piste, où vint se présenter Nahomée. Il y eut des soupirs d'étonnement chez ceux qui n'avaient pas vu la femme à barbe lors de la parade. Pour son numéro, elle avait tressé aussi sa chevelure, ce qui lui donnait un aspect tout à fait extraordinaire. Elle portait une longue robe violette brodée d'or et par-dessus un voile de mousseline d'un vert sombre, mais transparent, ce qui accentuait son côté mystérieux. Elle était assise dans un fauteuil de velours rouge, semblable à un trône. On avait déposé devant elle une table que recouvrait un tapis d'Orient.

Éldric, s'était placé dans la lumière pour annoncer de sa voix de stentor :

– Et maintenant, admirez tous la magie de Dame Nahomée, la femme à barbe venue des pays les plus lointains pour partager avec nous ses dons extraordinaires !

Cela pouvait passer pour un boniment, mais en fait, il ne disait là que la stricte vérité.

Sur la table devant elle, Nahomée fit quelques tours de cartes, fit apparaître des fleurs pour les jolies dames du public, mais ce n'étaient là que tours de passe-passe assez communs, bien que très habilement réalisés. Les habitants du village tombaient néanmoins sous le charme. Puis elle remua les mains et l'on vit apparaître une sorte de brume qui, petit à petit, envahit la piste, au point que la magicienne elle-même disparut dans l'étrange nuage. Dans ce tourbillon de vapeurs apparurent des scènes de pays inconnus, d'animaux étranges, tout un univers tel qu'on en voit uniquement dans nos rêves les plus merveilleux. On n'entendait pas une voix, pas un murmure, pas une respiration. L'ensemble des personnes présentes, y compris les membres du cirque, qui avaient pourtant, à l'exception de la petite Aliénor, assisté souvent à cette scène, restaient bouche bée devant un si merveilleux spectacle. Après un long moment où chacun croyait vivre dans ce songe, les brumes disparurent et chacun eut l'impression de s'éveiller.

Nahomée, sans prononcer une parole, se leva et se dirigea vers le rideau. Ce ne fut que quand elle le franchit que les cris manifestèrent l'émerveillement du public devant ce numéro unique.

La troupe revint pour un dernier salut, puis les deux damoiselles firent le tour de la piste avec une corbeille pour récolter quelques piécettes. La recette ne fut pas très abondante, les gens du lieu n'étaient pas bien riches, mais le cirque des rouquins ne cherchait pas à s'enrichir, plutôt à partager ces quelques instants de grâce.

Cette nuit-là, dans la roulotte de Nahomée, Aliénor fit des rêves semblables à l'étrange représentation qu'avait donnée la magicienne.

CHAPITRE X

La comtesse Anastasie était furieuse. Obligée de demeurer cloîtrée dans sa résidence secrète, son plan minutieusement préparé, ces six longues années d'attente, tout cela mis à mal par cet enlèvement. Et elle n'avait aucune idée de qui pouvait bien être derrière ce coup fourré. Son message de réponse au capitaine noir avait été cinglant. Au lieu de rester à attendre des nouvelles de ses émissaires, elle lui ordonnait de regrouper ses soldats, d'en prendre la tête et de ramener Aliénor au plus vite après avoir châtié de la belle manière les insolents qui avaient osé se mêler de ses affaires et contrecarrer ses plans.

Hurcis, froissé de la réprimande, était néanmoins heureux de repartir à l'action. Rester au manoir n'avait fait que le rendre plus aigri encore qu'à son habitude. Il laissa un garde de faction au manoir, chargé de passer le message à tous les soldats qui revenaient de mission : rendez-vous de la troupe au fort d'Estringeois, le vieux castel du comte Fulbert. C'était un fortin délaissé depuis la mort de l'époux d'Anastasie, car assez inconfortable, mais qui convenait parfaitement aux visées du capitaine pour une opération de guerre. La muraille était encore assez forte, bien qu'un assaut ne soit pas à craindre. Il faudrait restaurer les quelques bâtiments en mauvais état pour y loger la troupe, mais à la guerre comme à la guerre, la troupe n'allait pas passer beaucoup de temps sur place, mais écumer le pays pour retrouver l'ennemi inconnu.

Au bout de quelques jours, ils étaient une vingtaine à s'être regroupés autour d'Hurcis.

– Allons, en route, nous partons à la recherche d'une troupe qui voyage en chariots, une petite dizaine de voitures, comme semblent l'indiquer les traces que nous avons relevées. Un des rares indices à notre connaissance serait la présence d'un infirme avec des béquilles ou une jambe de bois. Cette particularité est importante, et là-dessus nous devons interroger la populace rencontrée. Nous allons commencer par la région du Septentrion, nous resterons en troupe et ne nous éparpillerons pour nos enquêtes qu'à partir de la ville de Daruille, qui en est la capitale. En une semaine nous devrions avoir ratissé le secteur, nous irons alors à la province suivante en partant vers l'Est, si nos recherches n'ont pas été fructueuses.

La cavalcade prit de la vitesse sur la route qui allait vers le Nord.

Au palais, le conseil prévu avait eu lieu et le duc Carles en faisait l'analyse avec le prince Achilas.

– Il est étrange, prince, que la comtesse, qui une semaine avant, paraissait si pressée de nous présenter sa petite « princesse », ait disparu si soudainement et Aliéor avec. Je me demande à quel jeu elle essaye de jouer avec nous ?

Le prince répondit :

– La cour bruisse maintenant plus fort encore de ce soupçon de filiation. Une héritière au trône qui serait entre les mains de la comtesse. On murmure que votre régence touche à sa fin et que vous avez fait disparaître Anastasie et la petite Aliénor pour conserver par-devers vous le pouvoir. Avez-vous remarqué les regards hostiles que vous lançaient le baron des Marais et le marquis Sigismond ?

– Bah ! répondit Carles avec une moue méprisante. Ce ne sont que les valets de la comtesse, je me doute bien de leur opinion à mon égard.

– Oui, je ne l'ignore certes pas, mais ils montent toute une petite noblesse contre vous, ceux qui ne sont pas admis au conseil et qui passent leurs journées à murmurer dans le grand hall et sur la galerie du palais. Et on me rapporte que le peuple colporte la nouvelle dans tout le pays d'une succession imminente sur le trône.

– Alors, décida le régent, faisons publier une déclaration solennelle. Nous allons informer qu'on recherche la princesse Aliénor et que forte récompense sera donnée à celui qui apportera nouvelle fiable et crédible au palais, ainsi que toute information concernant la mère de cette princesse. Ainsi, nous ferons preuve de notre bonne foi et aurons peut-être le fin mot de l'affaire par une autre source que cette comtesse Anastasie qui ne m'inspire aucune confiance. Elle est toujours à manigancer quelque complot, ceci depuis que je la connais, ce qui date d'une période bien lointaine. C'est une de mes cousines, comme vous ne l'ignorez pas, cher prince.

– Mais on pourra dire que c'est ruse de votre part et que vous-même avez fait disparaître la comtesse et sa protégée, comme le disent déjà Ambroise et Sigismond, ou plutôt leurs épouses qui ont langues de vipère.

– Laissons dire, si par le biais de cette annonce nous obtenons des informations, nous pourrons alors réagir de la manière appropriée, conclut le régent. Il sortit un grand parchemin et prit sa plume pour rédiger le décret qui serait porté à la connaissance du peuple dans l'ensemble du royaume.

Hurcis et sa troupe arrivèrent à Daruille, capitale de la province de Septentrion au moment où on placardait le décret du régent. Le premier réflexe du capitaine fut de vouloir arracher l'affiche du panneau où elle était apposée, devant la maison du bourgmestre, mais ses lieutenants Pancrace et Jaquelin l'en dissuadèrent.

– Allons, capitaine, dit Pancrace, si l'on vous voit faire, la nouvelle sera portée au plus vite au régent, on sait que vous êtes à la comtesse. Cela ruinerait ses plans et trahirait notre quête.

– Tu as raison, une fois encore, Pancrace, je m'emporte et ne réfléchis pas plus que marmot en maillot. Soyons plus malins et servons-nous des armes de l'adversaire. Nous allons nous appuyer sur ce décret pour notre enquête. Jouons notre carte finement. Allez, chacun dans sa propre direction comme nous l'avons convenu, retour ici même dans trois jours pour faire le point. En posant vos questions aux fermiers et passants, précisez que c'est sur ordre du régent et promettez une récompense. N'hésitez pas à lâcher quelques piécettes en acompte pour donner crédit à la promesse, mais point trop, ne ruinons pas la comtesse.

Il savait que cette dernière, bien que fort riche, n'ouvrait pas facilement les cordons de sa bourse.

Hélas ! aucune nouvelle ne vint. Plusieurs fausses pistes donnèrent espoir à Hurcis qui, à chaque fois, se précipitait pour trouver une fillette rouquine, qui gardait vaches ou moutons ou tissait dans quelque sombre atelier, mais rien qui ne ressemblât vraiment à la petite Aliénor. Quant aux chariots ou à cet étrange infirme qui laissait derrière lui ses traces de bâtons, on dénicha bien de nombreux mendiants qui avaient souffert lors d'une guerre passée, mais là encore rien de concluant. La capitaine décida donc de partir vers l'est pour écumer la province suivante.

La troupe continua donc sa quête en direction de Malaubier, la ville située à la limite avec le royaume voisin. Là encore on appliqua la même manœuvre. Un des soldats rapporta que l'on avait vu de nuit un convoi de lourdes voitures qui passaient la frontière. C'étaient, disait le paysan, des saltimbanques, de ces vauriens qui montrent bêtes et spectacles et en profitent probablement pour voler les poules du voisinage. D'ailleurs, il précisa au soldat qu'il avait perdu trois de ses propres poules dans la même semaine, se plaignant avec force lamentations et tendant la main pour recevoir sa piécette. Hurcis jugea l'information assez intéressante pour aller lui-même questionner le témoin.

Il tomba sur un vieillard déjà à moitié ivre. La piécette avait vite trouvé son usage. L'homme se mit à pleurnicher sur ses poules perdues, pour tenter d'obtenir une autre pièce, mais Hurcis le secoua un peu rudement.

– Comment étaient les voitures ? Dans quelle direction allaient-elles ? demanda-t-il d'une voix forte et autoritaire, pour réveiller un peu le fermier qui dodelinait de la tête sous la poigne du capitaine qui le rudoyait.

– Je rentrais de la taverne…

– Ça ne m'étonne guère, la suite, vite !

– Le convoi allait à grande vitesse, j'en fus très étonné, avait-on jamais vu roulottes se déplacer plus vite que calèches, les chevaux galopaient à une telle allure, comme s'ils n'avaient rien à tirer. Et pourtant, ces roulottes devaient être bien lourdes et le sol était boueux, car il avait plu d'abondance.

– As-tu vu combien il y en avait ? demanda Hurcis qui commençait à trouver la piste intéressante.

– Oh ! je n'ai pas compté, je n'avais pas toute ma tête et puis à quoi bon, mais plusieurs, ça c'est sûr. J'ai juste vu que sur les flancs des voitures étaient peintes des lettres. Mais je ne saurais dire ce qu'elles disaient, je ne sais pas lire, moi, gémit le paysan en tendant encore la main.

– Encore un mot, où se dirigeaient-elles ?

– Vers la frontière, ils doivent être en Carthénie maintenant.

Hurcis donna trois petites pièces au pauvre hère qui n'en croyait pas ses yeux.

– Filons, dit le capitaine aux lieutenants qui l'avaient accompagné, rejoignons le groupe. Nous allons passer la frontière.

Avant de partir en expédition dans le pays voisin, il leur fallait changer de tenue. Les uniformes de la garde de la comtesse ne convenaient point pour enquêter discrètement dans un pays étranger, car, même si aucune guerre n'était en cours, les relations restaient tendues entre les nations rivales. Les membres de la troupe s'habillèrent donc en marchands et se munirent de sacs, de caisses et d'autres produits visant à faire croire à leur nouvelle fonction. Ils passèrent ainsi la frontière avec une foule d'autres voyageurs qui faisaient commerce entre les deux pays quand la paix le leur permettait. Un œil exercé aurait bien vu que ces marchands-là se tenaient bien droits et raides, marchant par deux en portant leurs sacs comme des paquetages pour aller au combat, en particulier cet homme au visage sévère qui ressemblait à tout sauf à un commerçant. Un des soldats s'était déguisé en maquignon et menait les chevaux comme pour aller les vendre, un autre conduisait une charrette où il transportait, cachés sous des toiles, les selles et harnachements. Mais les gardes de la frontière ne firent pas attention, au milieu de la foule, à ce groupe étrange.

Hurcis et ses soldats déguisés arrivèrent à la première ville Carthénienne sans encombre. Ils reprirent là leurs recherches, mais cette fois-ci avec une description plus précise de ce qu'ils cherchaient : des roulottes de saltimbanques. Cela ne passe pas si facilement inaperçu et on allait vite avoir des informations. Le capitaine espérait ne pas être sur une fausse piste, mais son instinct lui disait que, cette fois, il suivait enfin la trace des ravisseurs. Souvent des enfants étaient enlevés par ces vauriens pour être dressés à faire des tours, ou encore à faire les poches des badauds pendant les spectacles, ou bien même encore pour être vendus à des étrangers contre espèces sonnantes et trébuchantes. Pourvu qu'Aliénor n'ait pas été vendue, pensa Hurcis en hâtant le pas. Il se posait quand même la question : comment avaient-ils eu l'information de la présence de la princesse dans le manoir et comment avaient-ils pu y pénétrer si facilement, endormir la garde et le molosse ? Il y avait là un peu trop de mystères. Il devait rester sur ses gardes, l'ennemi semblait ne pas manquer de ressources.

CHAPITRE XI

Deux ans avaient passé. Le cirque des rouquins ne restait pas en place. Quand Nahomée la magicienne pressentait l'approche du noir capitaine, elle donnait l'ordre de ranger le matériel. Le convoi reprenait la route vers une nouvelle destination, filant à une vitesse étonnante, la nuit, sur des routes traversant des forêts sombres et profondes. Aliénor dormait dans la roulotte de la femme à barbe et le matin, au réveil, trouvait le campement dressé dans une clairière isolée, ou bien dans un vallon proche d'un petit bourg où, le spectacle donné, on ne s'attardait pas. Les journées s'écoulaient paisiblement pour l'enfant qui avait grandi. Les chatons étaient maintenant de beaux félins pleins de grâce et de malice. Aliénor faisait montre d'une patience infinie et à force de petits cadeaux, de caresses, de douces paroles, arrivait maintenant à leur faire faire quelques tours. Zéphirin avait démontré son adresse à sauter au travers de petits cerceaux confectionnés tout exprès par Magnus. Timoléon avait bien suggéré d'enduire ceux-ci de poix, puis de les enflammer pour donner au tour un aspect extraordinaire, mais Aliénor avait fermement rejeté l'idée qu'elle trouvait cruelle. Les autres chats daignaient suivre leur maîtresse dans ses évolutions, marcher en ligne la queue dressée, ça, c'était le plus facile, faire une ronde pouvait encore aller, mais il ne fallait pas non plus abuser de leur patience. Car si Aliénor en montrait beaucoup, on ne peut pas en dire autant de ces petites bêtes très indépendantes. Dès qu'un oiseau chantait sur la branche d'un arbrisseau, on voyait les têtes se tourner, les oreilles s'orienter en direction du chant du volatile et un des chats filait pour être le premier à tenter sa chance, malgré les remontrances d'Aliénor. Alors, la damoiselle, craignant de ne jamais pouvoir monter son numéro de dressage lors du grand spectacle du cirque des rouquins, finit par se décider à devenir écuyère. Timoléon, malgré ses idées farfelues de mettre le feu aux cerceaux, était généralement un bon compagnon. Il lui montrait toutes les astuces nécessaires pour bien profiter de la vie d'un camp de saltimbanques. Ils allaient aussi faire des promenades en forêt où le garçon lui indiquait le nom des arbres, quels champignons étaient comestibles. Par contre, pour les bêtes, il semblait qu'Aliénor ait beaucoup plus de sensibilité que Timoléon, car elle savait toujours où regarder pour voir passer une biche ou pour repérer les écureuils dans les arbres avant qu'ils n'en fassent le tour pour se cacher. Son coup d'œil pour trouver les hérissons ou pour voir les nids des passereaux était sans égal.

– On croirait que tu as passé ta vie en forêt, toi, lui dit un jour Timoléon, un peu jaloux.

— Pourtant, je n'étais jamais sortie du manoir de la comtesse Anastasie avant que vous ne veniez me délivrer, répondit Aliénor avec un sourire.

Son ami lui montra donc comment s'occuper des chevaux. À maintenant huit ans, Aliénor restait toujours impressionnée par les fortes bêtes de trait qui tiraient les roulottes et faisaient aussi le manège lors du spectacle, sous le fouet de Renaldo. Il le faisait claquer au-dessus de sa tête pour impressionner le public, mais jamais sur ses animaux. Timoléon commença donc par la présenter au poney qu'on appelait Pégase. C'était une bête intelligente, mais tous les chevaux ne le sont-ils pas ? Aliénor devint rapidement son amie. Comme avec les chats, elle avait manifestement un don avec les animaux. Les chevaux de la troupe n'étaient pas montés. Il fallut donc amadouer Pégase pour qu'il accepte d'être enfourché. Mais l'enfant était si légère et attentionnée qu'il ne broncha pas trop. Après quelques séances, elle pouvait le promener à la longe sans aucune appréhension et faire quelques tours sur son dos, avec toutefois une petite crainte qui disparut rapidement. Mais ce n'était pas suffisant pour monter un tour à présenter au public. Alors, Éldric vint mettre son grain de sel dans l'affaire.

— Maintenant que tu montes sans problème, nous allons passer à l'étape suivante. Il te faut travailler ton équilibre.

Il prépara son filin de funambule, mais le disposa à une hauteur raisonnable, environ cinquante centimètres du sol. On donna à Aliénor des ballerines et elle commença son apprentissage, avec un balancier pour débuter, car tout le monde n'a pas le sens inné de l'équilibre d'Éldric, le roi des funambules…

– Bien, bien, commentait-il quand elle avait réussi à avancer un peu, essaye encore, tu commences à trouver le pas, sens bien le filin sous ton pied avant de déplacer l'autre.

Puis Aliénor, au fur et à mesure des essais, se sentant plus à l'aise, remplaça le bâton par une ombrelle qui lui avait été cédée par Pamélia, un peu à contrecœur, sembla-t-il, car la damoiselle n'était pas toujours d'un commerce facile. On aurait dit qu'elle était un peu jalouse de l'attention portée par l'ensemble de la troupe à la nouvelle venue, enfin nouvelle, il y avait quand même deux ans qu'elle était parmi eux.

Après quelques semaines, Aliénor montait avec aisance sur Pégase et lui faisait faire des figures. Elle exécutait aussi facilement le trajet d'un bout à l'autre du filin qu'Éldric élevait imperceptiblement à chaque entraînement. Alors, ce dernier lui dit :

– Maintenant tu vas monter sur Pégase.

Aliénor, se demandant bien ce qu'il avait en tête, s'exécuta et se mit à califourchon sur le poney.

– Bien ! et maintenant, debout !

– Comment ? demanda la fillette interloquée.

– Oui, j'ai bien dit debout, sur le dos de Pégase ! répondit d'un ton ferme le funambule.

Timoléon tenait la longe du poney pour qu'il reste tranquille. Aliénor posa d'abord un genou sur le dos de l'animal, puis l'autre, puis, s'aidant de ses mains posées sur la nuque de la monture, se redressa, vacillant tout de même un peu et pas rassurée du tout.

– Il faut juste que tu imagines que tu es sur le filin. Ce n'est pas plus difficile et, en plus il y a largement la place pour poser tes pieds, bien plus que sur la corde, alors n'aie pas peur. Pour le mouvement, c'est comme quand tu te déplaces, le fil bouge à droite et à gauche, ce sera pareil sur le cheval.

Disant cela, Éldric lui tendit l'ombrelle pour s'équilibrer.

Un peu crispée tout de même, elle se redressa et tendit la main qui tenait l'accessoire. Alors, Timoléon fit avancer de quelques pas le poney. Ce fut Éldric qui reçut dans ses bras l'écuyère et lui évita un contact trop brutal avec le sol.

Tout le monde se mit à rire, mais Aliénor, un peu vexée, demanda à refaire immédiatement l'exercice. Elle s'y reprit à plusieurs fois, durant l'après-midi, jusqu'à ce qu'elle arrive à rester pendant le tour complet que faisait faire Timoléon au poney tout en tenant l'extrémité de la longe. Elle sauta alors à pieds joints sur l'herbe pendant qu'Éldric applaudissait.

– Hé bien ! voilà, petite fille, le début d'une carrière d'écuyère !

La nouvelle activité de leur maîtresse eut un effet inattendu sur les chats. Voyant qu'elle les délaissait quelque peu pour ses exercices d'écuyère, ils vinrent réclamer son attention en exécutant d'eux-mêmes certains tours qu'elle leur avait appris. Elle consacra donc ses matinées aux chats et ses après-midi à Pégase, qui venait frotter le bout du nez sur le bras de son amie quand elle venait le chercher pour s'entraîner avec lui.

Cependant, certains jours, il n'y avait pas de travail possible, on roulait jour et nuit pour éviter la rencontre avec l'opiniâtre poursuivant et sa troupe de sbires. Encore après deux ans de chasse dans ce pays étranger, Hurcis les serrait de près. Il n'était pas du tout décidé à baisser les bras et la comtesse l'aiguillonnait avec d'autant plus de colère que chaque jour, chaque mois qui passait mettait à bas l'édifice qu'elle avait tenté de mettre en place.

Voyant que le danger se rapprochait, Nahomée prit une décision. Puisque la confrontation était inéluctable, on irait au-devant, mais en choisissant le lieu de la rencontre. Mais il ne fallait pas que cette rencontre ait lieu trop tôt. On devait laisser encore à Aliénor un peu de temps pour grandir et se préparer à apprendre l'histoire dont elle était l'enjeu si convoité.

La troupe prit donc le chemin du retour vers le royaume de Ludovic, mais en faisant de multiples détours afin de brouiller les pistes et qu'Hurcis reste le plus longtemps possible encore en Carthénie avec ses gardes. Il se passa donc encore une bonne année avant que le cirque des rouquins ne s'installe dans une vallée profonde et isolée, en bordure de la grande forêt de Floralda, ainsi nommée pour l'abondance des fleurs sauvages qu'on y trouvait.

C'était une forêt que les gens évitaient, car on s'y égarait aisément. Seules les herboristes, guérisseuses et autres sorcières préparatrices d'onguents et de potions osaient y entrer pour la raison qu'il se trouvait là des plantes qui ne poussaient nulle part ailleurs.

Aliénor aimait bien cette vallée où le cirque venait de s'installer. Elle pouvait enfin passer du temps à peaufiner ses numéros. Mais, hélas, elle regrettait qu'aucune représentation ne soit en vue. Il n'y avait pas de village aux alentours, juste quelques rares fermes isolées, mais rien qui aurait pu constituer un public devant lequel elle montrerait ses nouveaux talents. Les trois hercules avaient pourtant monté la tente, mais juste pour pouvoir mieux s'entraîner. Les bancs n'avaient même pas été disposés. C'est ainsi, dans ce lieu secret et isolé, qu'Aliénor entama sa neuvième année d'existence. Elle fêtait son anniversaire à la date à laquelle on le lui souhaitait habituellement au manoir. Cela faisait déjà trois ans d'errance. Elle songeait à tout ce qu'elle avait appris au milieu de ses amis. Il lui semblait ne plus être la même personne. Elle pensait aussi parfois avec émotion à son ami Philibert le jardinier. Qu'était-il devenu ? Quand le reverrait-elle ?

CHAPITRE XII

Un beau jour, Nahomée fit venir auprès d'elle Aliénor afin de converser.

– Tu es maintenant une vraie damoiselle, tu as grandi en taille et en sagesse et tes dons avec les animaux s'affirment de jour en jour. Nous allons toutes deux partir quelques jours en forêt, nous y ferons, à n'en pas douter, d'intéressantes découvertes et d'instructives rencontres. Prépare quelques affaires et de quoi te nourrir pendant une semaine. Informe aussi Timoléon de ton absence, sans lui dire où nous allons, cela reste entre nous deux seules. Tu demanderas aussi à Uméline de nourrir les chats. À eux et à eux seuls, tu peux dire où nous allons, car les chats ne le répéteront pas. Non pas que je veuille cacher la vérité aux membres du cirque, mais nous parlerons de tout ça ensemble à notre retour, si ce que je pense se confirme.

Aliénor, intriguée, fit ce qu'avait prescrit la magicienne, puis vint la rejoindre devant sa roulotte, son balluchon sur l'épaule. Nahomée portait elle aussi un sac et s'était munie d'un grand bâton de marche dont le bout était sculpté d'un entrelacs de feuilles de lierres. Sans dire un mot de plus, elles partirent en direction de la forêt et empruntèrent un sentier étroit. En ce matin de printemps, l'air était frais, le sol un peu humide et les sous-bois étaient tapissés de milliers de petites jacinthes sauvages qui dégageaient un doux parfum. Elles marchèrent en silence pendant un bon moment, puis firent une petite pause dans une clairière, s'asseyant sur des troncs moussus qui gisaient là, signes des ravages d'une tempête. Elles grignotèrent un morceau puis reprirent leur marche. C'était comme une longue promenade. Aliénor aurait bien voulu bavarder un peu, demander à son amie quel était le but de cette excursion, mais elle n'osait pas, sentant bien que ce n'était pas encore le moment. Elle se laissait enivrer par le parfum des fleurs et la monotonie de la marche, rompue uniquement par quelques branches tombées qu'il fallait enjamber.

La journée entière se passa ainsi, dans le silence. Enfin, silence des deux voyageuses, car on entendait tous les bruits de la forêt, le chant des oiseaux, le bruissement des bêtes qui surgissaient parfois devant elles, traversant le chemin, ne semblant nullement effrayées par leur présence, comme si elle était toute naturelle et ne présentait pour elles aucun danger, ce qui était d'ailleurs le cas. Elles furent même accompagnées un moment par un renard qui suivait un chemin parallèle au leur, à quelques mètres dans le sous-bois et jetait un œil sur elles à chaque fois, remarqua Aliénor, qu'elle-même tournait la tête pour regarder leur compagnon de route. Puis l'animal décida qu'il avait à faire ailleurs et disparut pour de bon. Le soir venait, Aliénor se demandait où elles allaient dormir, car, si le périple durait une semaine, il faudrait bien trouver un gîte pour la nuit. C'est alors que Nahomée bifurqua sur un autre chemin et se dirigea droit vers une falaise qui apparut au bout du sentier. Là, elles trouvèrent une grotte.

– Voilà notre auberge pour ce soir, dit la magicienne. C'étaient ses premières paroles depuis leur départ.

– Mais où allons-nous ? demanda la fillette, curieuse comme l'aurait été n'importe qui dans de telles circonstances.

– Ça, tu le sauras demain. Nous avons encore une bonne journée de route avant d'être rendues. Mais tu ne te plaindras pas de l'effort, je le parie. Elle souriait comme seule elle savait le faire, ce qui rassura Aliénor.

Elles prirent un bon repas, compensant les rares et frugales collations grignotées sur le chemin, puis se préparèrent à dormir.

– Demain nous repartons à l'aube, la route est encore longue, alors je te souhaite la bonne nuit.

L'enfant baillait déjà, un peu fatiguée par la trotte qu'elle venait de fournir qui avait bien épuisé ses petites jambes.

– Bonne nuit, dame Nahomée, répondit-elle en bâillant de plus belle avant de fermer les paupières. Elle avait sur le visage le même sourire que ce fameux soir de pleine lune où elle rêvait à la lumière bleue des fées, avant d'être enlevée par le cirque des rouquins.

Le périple reprit au lever du jour. Elles traversèrent des zones étranges, sombres et silencieuses, puis des vallons plus souriants, garnis de fleurs printanières de toutes les couleurs, des petites primevères jaunes et blanches, des silènes, renoncules et géraniums sauvages. De retour dans les sous-bois c'étaient les jonquilles qui faisaient l'admiration de l'enfant. Elle comprenait pourquoi la forêt portait ce joli nom de Floralda.

Aliénor avait maintenant le pas un peu plus lent et peinait à suivre son amie. La fatigue commençait à se faire sentir. C'était une bien longue marche pour ses jambes de même pas dix ans. Nahomée s'en était aperçue et avait ralenti un peu l'allure.

– Bon ! faisons une dernière petite pause. Avale quelques biscuits et un peu de l'eau de ta gourde. Nous allons pouvoir la remplir ce soir à une source particulière. Puis nous repartons pour l'ultime étape, nous sommes presque rendues. Revigorées par la collation, elles reprirent leur marche et aboutirent dans une grande clairière juste avant que le soleil ne disparaisse derrière les frondaisons des arbres qui la bordaient.

– Bon, il ne reste plus qu'à patienter. C'est ce soir la pleine lune, nous devrions avoir de la compagnie.

À ces mots prononcés par Nahomée, Aliénor se demanda de quelle compagnie elle parlait. Il ne semblait y avoir âme qui vive en cette immense forêt, du moins âme humaine, car les animaux y étaient nombreux et peu farouches.

– Quelle compagnie ? demanda-t-elle donc à sa compagne.

– Ah ! Ça, tu le verras bien et dans peu de temps, un peu de patience, ma damoiselle la curieuse.

Que de cachotteries, pensa la damoiselle qui effectivement aurait bien voulu satisfaire sa curiosité ! Nahomée ne faisait pourtant pas tant de secrets d'habitude.

– Ce n'est pas un secret, mon enfant, répondit la magicienne qui avait bien suivi le cheminement des pensées d'Aliénor. C'est juste une petite surprise…

Avec la lumière de la lune, elles virent s'avancer sur la prairie des petites silhouettes qui semblaient étinceler. Elles furent bientôt entourées de ces petits personnages diaphanes. L'une d'elles s'avança et Nahomée, s'inclinant devant elle, la salua ainsi :

– Belle nuit n'est-ce pas, Asphodèle, reine des fées !

– Belle nuit, chère Nahomée la magicienne. C'est un plaisir de recevoir votre visite. Nous vous attendions depuis fort longtemps, ainsi que votre charmante jeune amie, ajouta la fée en se tournant vers Aliénor.

Ainsi c'étaient des fées, pensa Aliénor abasourdie. Il y avait donc vraiment des fées. Après tout, pourquoi pas, puisqu'elle connaissait bien une magicienne ? Elle ouvrait de grands yeux pour ne pas perdre une miette du spectacle qui se déployait devant elles. En effet les fées se mettaient à danser au clair de lune, frôlant de leurs pieds menus l'herbe de la clairière en tournoyant doucement dans les rayons de l'astre nocturne.

Nahomée se pencha vers l'enfant qui regardait les fées, fascinée par la danse.

– Aliénor, je te laisse un instant en compagnie de Rosalinde et Passiflore. Tu pourras leur poser toutes les questions qui te viendront en matière de fées et je suis sûre qu'elles seront nombreuses. Je ne sais pas ce qu'elles te répondront, ajouta-t-elle avec un petit sourire en coin. Pour ma part j'ai à converser un moment avec Asphodèle.

La reine des fées s'était éloignée vers la lisière du bois. Nahomée la rejoignit et elles disparurent du regard d'Aliénor. Elle se tourna alors vers ses deux nouvelles compagnes.

Les fées étaient plus petites qu'elle. Elles semblaient translucides, comme faites de mousselines de couleurs pâles, mais on distinguait bien les traits de leurs visages. Elles ne posaient pas leurs pieds nus au sol, mais flottaient à quelques centimètres au-dessus, se balançant doucement comme si une légère bise les agitait. Pourtant, la jeune fille ne sentait pas le moindre souffle de vent. Elle ne comprenait pas comment elles pouvaient voler ainsi, car elles ne semblaient pas avoir d'ailes. Elle avait toujours imaginé que ces êtres avaient de fines ailes translucides, un peu à la manière des libellules qui tournaient autour de la fontaine, dans le jardin de la comtesse.

– Pourquoi bougez-vous ainsi ? demanda-t-elle, je ne sens pas de vent.

– Ce sont les rayons de lune, répondit Passiflore, la fée qui se trouvait à sa gauche et qui présentait des nuances de bleu avec un peu de blanc crème.

– Vous volez, mais vous n'avez pas d'ailes ? ajouta Aliénor.

– Ce sont les rayons de lune, répondit Rosalinde, celle qui était à sa droite et était pour sa part vêtue de rose dans divers dégradés, comme le laissait deviner son nom.

– Et vous venez souvent danser ici ? continua l'enfant, un peu étonnée.

– Quand il y a des rayons de lune, répondirent en chœur les deux fées.

La fillette poursuivit, de plus en plus étonnée :

– Et s'il n'y a pas de lune ?

– Alors, il n'y a pas de fées ! dit Rosalinde.

– Pas de fées ! ajouta en écho Passiflore.

– Et dans ce cas, où vous cachez-vous ?

– Mais sur la lune, bien sûr, dirent encore une fois avec un bel ensemble les deux fées.

– Pouvez-vous me dire où nous allons dormir ? demanda Aliénor, qui commençait à avoir sommeil, malgré sa curiosité. Elle se ressentait de ses deux jours de marche.

– Au clair de lune !

Aliénor vit avec soulagement Nahomée qui revenait vers elle en compagnie de la reine Asphodèle. Elle trouvait que la conversation de ses nouvelles amies était un peu monotone. D'ailleurs elles s'étaient éclipsées, pour aller danser dans les rayons de lune avec leurs semblables.

Nahomée ne dit rien et laissa la reine s'approcher de la jeune fille et l'observer attentivement. Aliénor se demandait ce que pouvait bien signifier cette inspection. Enfin Asphodèle déclara :

– Oui, chère Nahomée, le moment est proche où elle sera comme tu le prévoyais. Mais tu ne dois pas en être étonnée, car ton intuition n'est jamais prise en défaut.

– Merci, ô, Reine. Ton avis m'est précieux et je t'en suis reconnaissante. Je vais pouvoir maintenant essayer de remettre les choses en ordre et leur donner de l'équilibre.

– Tu as déjà commencé il y a plusieurs années, il me semble.

– Oui, il est vrai, mais dorénavant, nous allons pouvoir avancer, bien que de nombreux périls nous attendent. J'ai maintenant la certitude de mon bon droit et de celui de l'enfant.

– Mais de quoi parlez-vous donc ? interrompit l'enfant dont il était question et qui ne comprenait rien à ce discours obscur.

– Viens, Aliénor, je vais tout t'expliquer.

Nahomée entraîna Aliénor vers la lisière et elles s'installèrent sur des souches qui faisaient des sièges commodes. Là elle se mit à lui parler doucement à l'oreille.

CHAPITRE XIII

Les trois ans qui venaient de s'écouler avaient fait oublier à la cour l'épisode de la « princesse ». Les amis de la comtesse avaient bien essayé dans les premiers temps de faire croire à la filiation possible de cette princesse avec le roi, puis, ne voyant rien se dessiner du côté d'Anastasie, ils avaient mis bas le pavillon et étaient rentrés dans le rang. D'ailleurs on se demandait où avait bien pu se cacher la vieille chouette. Elle n'avait pas mis le nez au palais depuis la présentation d'Aliénor et au manoir, la porte restait close devant tout visiteur ou émissaire qui s'y présentait. On recevait les messages de la cour en indiquant poliment qu'ils seraient transmis à qui de droit. Mais aucune réponse ne venait jamais. Des bruits couraient sur les mouvements des soldats attachés à la comtesse et menés par son capitaine noir, le sinistre Hurcis, mais, depuis même ce bataillon avait disparu de la circulation.

La cour vivait donc au rythme apaisé de la régence du duc Carles et l'on entendait toujours sa canne frapper le carrelage du grand hall. Puis le bruit de la canne se fit rare et on finit par ne plus l'entendre du tout. Le régent était malade. Il avait atteint un grand âge. À son chevet on trouvait le plus souvent le prince Achilas, qui l'avait toujours fidèlement secondé depuis que Ludovic, roi, avait perdu la tête. Le prince prenait maintenant la direction du conseil, mais sans jamais s'asseoir sur le siège du régent, car il n'en avait pas le titre. Carles avait cependant signé un décret donnant délégation au prince pour gérer les affaires courantes.

Autour de la table, les commentaires allaient bon train. Qui prendrait la régence quand le duc aurait quitté ce monde ? La logique aurait voulu que ce fût Achilas, le bon sens également. Pourtant, la lignée royale, après Carles, plaçait en succession directe sa cousine, la comtesse Anastasie. Il y avait dans le conseil quelques-uns de ses partisans, outre Ambroise des Marais et Sigismond de la Tour, on pouvait aussi compter Wenceslas de Marincourt. C'est ce dernier qui souleva la question.

– Alors, prince, qui va succéder au duc ? Il serait temps d'y songer.

– Un peu de pudeur, vicomte de Marincourt, répliqua vertement le prince, n'enterrez pas prématurément le duc, je vous prie. Je vois bien où vous voulez en venir, mais votre amie la comtesse n'a pas donné signe de vie depuis trois ans. Qui sait si elle est encore vivante elle-même. Elle n'est plus toute jeune non plus. Et puis je ne suis pas convaincu de sa capacité à assumer une régence.

– Ça, prince, ce n'est pas à vous d'en juger, mais à l'ensemble du conseil. Et la lignée royale prime sur toute autre considération.

– Nous en parlerons donc quand le temps sera venu, en attendant occupons-nous des affaires courantes, puisque c'est notre rôle et seule prérogative actuelle. Le duc est vivant, lucide et retenu au lit par un refroidissement persistant, mais il est toujours régent du royaume et aucune contestation ne pourra être faite sur ce point.

La comtesse n'était pas morte, comme le prince l'avait un instant suggéré. Elle avait bien rejoint son manoir et communiquait en secret avec le vicomte, un homme plus sûr que Sigismond. Ce dernier se laissait aller à boire plus que de raison. Quant à Ambroise, qui n'était qu'un nobliau de cour sans grande réflexion sur les choses du monde, il pensait surtout à la blancheur de ses dentelles, encore qu'il fit parfois preuve de quelque finesse.

Anastasie continuait aussi à recevoir des messages codés de son capitaine, le fidèle Hurcis le noir, dans sa recherche incessante de la disparue. Il avait perdu la trace des saltimbanques qui, il en était convaincu, avaient enlevé Aliénor. Hurcis était donc revenu dans le vieux castel d'Estringeois avec ses mercenaires. Il y restait en garnison pour ne pas paraître à la capitale avant que la comtesse lui en donne l'ordre.

Depuis sa bibliothèque, en haut de la tour de son manoir, Anastasie déplaçait donc avec une grande discrétion les quelques pions qu'elle avait encore à sa disposition. Mais son atout majeur lui manquait cruellement. Comment obtenir la régence sans cette pièce maîtresse, la propre fille du roi, ou du moins présumée telle ? Elle savait parfaitement que le conseil ne lui donnerait jamais la régence sur sa simple parenté. Elle n'avait pas à la table de celui-ci assez de partisans pour faire pencher la balance en sa faveur, quels que soient ses droits. Mais où donc se cachait Aliénor ? Maintenant qu'elle l'avait présentée à la cour, elle ne pouvait plus y substituer une autre fille du même âge, même si elle en trouvait une avec une telle chevelure. Elle avait bien un moment suivi cette piste et fait des recherches, mais elle avait vite abandonné. Les proches amis, qui avaient vu déjà l'enfant, ne seraient pas dupes et perdraient la confiance qu'ils avaient envers elle. Cela ruinerait définitivement sa manœuvre.

Elle prit la plume et envoya un message à Hurcis pour qu'il reprenne ses recherches, espérant qu'il aurait plus de chance que pendant les trois longues années qui venaient de s'écouler. Elle lui enjoignit de doubler sa troupe et de ne pas lésiner sur les récompenses aux informateurs qui permettraient de mettre la main sur ce convoi qui toujours fuyait dès que l'on s'en approchait.

Le capitaine se remit immédiatement en route. Le castel où il s'était cantonné était idéalement situé au centre du pays. De nouveau il employa sa première tactique, envoyer quelques-uns de ses militaires dans toutes les directions pour tenter de repérer la troupe de voyageurs et leur spectacle ambulant. Il avait maintenant accumulé de nombreux témoignages de gens qui avaient assisté au spectacle du cirque des rouquins. Il avait compris que ces traces étranges laissées dans le petit bois ne provenaient pas d'un infirme, mais bien au contraire d'un habile funambule sur ses échasses. Il avait déduit des informations recueillies le nombre de roulottes, la présence des trois hercules et les chevaux bien dressés par un habile palefrenier. Mais tout cela ne lui disait pas où les trouver.

Ainsi donc recommença une longue période d'allers et retours sur les routes du pays.

Un jour enfin, Pancrace, le lieutenant, rentra au castel en trombe, agitant le bras en signe de victoire.

Hurcis venait lui aussi de rentrer d'expédition, mais il n'avait obtenu aucun résultat probant. Il se précipita au-devant de son second pour savoir de quoi il retournait.

– Nous les avons repérés, un paysan a vu passer le cirque qui s'éloignait en direction de la grande forêt des fées. Là même où le roi s'était égaré lors de sa chasse funeste. J'ai suivi la trace avec le plus de discrétion possible et les ai repérés. Je suis resté en observation durant trois jours, afin de m'assurer qu'il s'agissait bien là de ceux que nous recherchions, car, après tout, nombreux sont les saltimbanques qui parcourent le pays, nous avons bien pu le constater.

– Et donc, coupa Hurcis, ce sont eux ?

– Oui, je le crois. En tout cas j'ai bien vu l'homme aux échasses et les trois hercules. Un palefrenier manœuvrait avec art ses chevaux. Il y avait quelques autres personnes.

– Et la fille ? demanda le capitaine, impatient.

– Non, je n'ai pas vu trace d'elle. Ils la retiennent peut-être enfermée dans une des roulottes, à moins qu'ils ne l'aient vendue en route, avec ces gens-là, on ne sait jamais.

– Ne parle pas de ça, tout serait à refaire, la comtesse ne le supporterait pas, ni moi non plus. Allons, je veux les voir de mes yeux. Battons le rappel de toute la troupe, il nous faut les prendre au piège sur place, avant qu'ils ne s'enfuient à nouveau. Je n'ai jamais vu de gens qui galopent aussi vite avec un matériel aussi lourd, c'en est incroyable. À croire qu'il y a quelque magie là-dessous.

Hurcis dut attendre deux jours que les soldats reviennent tous et que l'on prépare la mission. Le noir mercenaire n'avait pas le droit de manquer sa cible. Il avait envoyé un messager spécial pour informer la comtesse que cette fois, enfin, on avait une piste sérieuse et qu'une grande manœuvre se préparait.

Le capitaine rongeait son frein, de même en faisait sa monture. Enfin il put franchir la porte du castel, entendre à sa suite le bruit des sabots de la nombreuse troupe marteler le bois du pont-levis. Ils avançaient, impatients, comme s'ils allaient en guerre. Mais l'ennemi qu'ils devaient rencontrer n'était ici qu'un petit cirque ambulant dirigé par une femme, secondée d'un funambule sur des échasses et dont l'armée se composait de trois hercules de foire en maillot. Hurcis prenait pourtant bien garde de sous-estimer cet adversaire qui aurait pu sembler ridicule à d'autres. Il savait quelles ruses ces gens-là avaient déployées pour le tenir en échec trois longues années durant. Mais, cette fois-ci c'en était fini, il les avait à sa main. Il ne leur laisserait aucune chance.

La troupe mit deux jours à atteindre la petite vallée perdue. Des éclaireurs vinrent confirmer que le cirque était toujours présent, la tente montée indiquait qu'ils n'avaient pas prévu de partir. Hurcis disposa ses mercenaires pour bloquer toute issue menant à la gorge encaissée ou permettant d'en sortir. À moins de fuir par la forêt, ce qui semblait douteux, car les roulottes ne pourraient pas y circuler, ils étaient bel et bien coincés sans aucune possibilité de s'échapper.

Le capitaine noir choisit un poste d'observation. Il voulait, avant toute attaque du campement, s'assurer de la présence d'Aliénor. Ils attaqueraient, si la fille était là, pour la capturer, dans ce cas, ils ne feraient pas de quartier pour les autres membres de la troupe. Dans le cas contraire, il fallait garder vivants les saltimbanques pour les questionner, avec la force si nécessaire, pour savoir ce qu'ils avaient fait de l'enfant.

Il n'eut pas à attendre longtemps. Dès le lendemain il vit Aliénor qui surgissait d'une roulotte et faisait des acrobaties sur un poney tenu à la longe par un jeune garçon. Satisfait de ce qu'il venait de constater, il retourna discrètement auprès de la troupe et mit au point, avec Pancrace et Théolin, un plan d'attaque. Il avait cru être discret, mais c'était sans compter avec Éldric, qui lui aussi était aux aguets et avait repéré les soldats qui manœuvraient pour les encercler.

CHAPITRE XIV

Éldric était revenu au campement en passant par des chemins connus de lui seul. Il fit son rapport à Nahomée :

– Ils sont là, j'avais bien vu les éclaireurs auparavant, mais maintenant le gros de la troupe est arrivé. Le capitaine Hurcis mène l'attaque en personne. Je pense qu'ils ne vont pas attendre et nous devons nous préparer à subir à un assaut dès demain matin. Ils n'oseront pas s'y risquer de nuit, la forêt est trop proche et nous fournirait trop facilement un abri. Dans l'obscurité toute poursuite serait vaine. Alors, ils essayeront de s'approcher à l'aube pour nous attaquer aux premières lueurs du soleil, à notre réveil. Ils doivent penser que nous serons surpris et sans aucune défense.

– Eh bien ! Nous ne serons pas sans ressources. Chacun sait ce qu'il doit faire. Reposons-nous en attendant, répondit Nahomée.

Bien que l'après-midi ne fût pas encore bien avancée, les saltimbanques se retirèrent dans leurs roulottes. Chacun avait ses instructions, mais on comptait surtout sur la force magique de Nahomée, qui avait plus d'un tour dans son sac.

Dans sa roulotte, la magicienne barbue parlait avec Aliénor :

– Mon enfant, voilà le moment que nous redoutions, mais il faut en passer par là, comme je te l'ai expliqué dans la clairière aux fées. La comtesse Anastasie veut se servir de toi pour ravir le trône du roi. Elle tente de faire croire que tu es la fille du roi. Elle t'a fait enlever à l'âge d'un mois pour tenir le rôle d'une princesse. Nous devrons tout mettre en œuvre pour que ses manigances se retournent contre elle, mais tout d'abord, il faut que nous agissions comme nous en avons convenu. Donc, si tu te souviens bien, nous allons nous battre comme si notre vie en dépendait. Tu vas faire ton possible, malgré ton jeune âge et ton inexpérience. Mais n'aie aucune crainte, je serai près de toi et je ferai en sorte que tu ne souffres pas de cette bataille, ni aucun des membres du cirque. Pour toi, je ne m'inquiète pas, comme leur but principal est de te ramener avec eux, ils feront en sorte de ne pas te blesser. La comtesse ne leur pardonnerait pas. Par contre, nous risquons de notre côté d'infliger de lourdes pertes aux mercenaires. C'est fort regrettable, mais c'est inévitable. Reposons-nous maintenant.

L'enfant dormit d'un sommeil sans rêves et s'éveilla fraîche et dispose comme si elle avait passé une bonne nuit. Il était minuit. Elle se restaura et sortit pour voir la troupe qui préparait sa défense.

Renaldo avait parqué à l'écart les lourds chevaux de trait ainsi que le poney Pégase pour qu'ils ne soient pas blessés lors de l'assaut, Timoléon en avait la charge. Puis, avec les autres hommes, ils avaient démonté la tente et s'étaient servis de toutes les cordes pour constituer des pièges destinés aux cavaliers, les tendant entre les arbres qui entouraient la clairière.

Les deux damoiselles étaient montées dans les arbres proches pour ne pas subir l'assaut des soldats et pouvoir les atteindre de dessus quand le moment serait venu.

Chacun maintenant avait pris la place qui lui était assignée, avec les armes improvisées qu'on avait pu réunir. Tous attendaient en silence le petit matin. Éldric était parti en surveillance. On savait que son retour signifierait l'imminence de l'attaque. Aliénor se tenait sur les marches de la roulotte, entourée de ses cinq chats. Elle leur parlait doucement, leur expliquant ce qui allait se passer. Ils étaient tous très attentifs à ses paroles et quand elle se tut, Zéphirin vint frotter son museau et ses moustaches sur le nez de sa maîtresse.

Sachant bien ce qui devait se passer, la jeune fille était quand même inquiète. Nahomée était là, proche, pour la protéger ainsi que toute la troupe, mais on ne pouvait être certains que personne ne souffre de l'assaut. La troupe qui allait attaquer était composée de rudes mercenaires, bien armés et qui savaient se servir de ces armes. Aliénor craignait par-dessus tout qu'un des membres du cirque ne soit blessé en tentant de la défendre. Nahomée lui avait bien expliqué le rôle difficile qu'elle allait devoir jouer. Ce n'était plus maintenant qu'une question de minutes. Elle caressait les chats qui étaient blottis autour d'elle, pour se donner du courage.

Soudain le funambule fit son apparition et rejoignit immédiatement le poste qu'il s'était fixé. Ils entendirent le galop de chevaux qui s'approchaient, puis virent les soldats arriver à une allure folle. Le premier piège fonctionna au mieux de leurs espoirs. Les montures trébuchèrent dans les cordages qui avaient été tendus, mettant à bas leurs cavaliers. Renaldo tourna la tête de désespoir, ne voulant pas voir les pauvres bêtes à terre, sachant aussi que quelques-unes ne s'en sortiraient pas. Il avait essayé de s'opposer à ce procédé, mais avaient-ils le choix ? Il en avait le cœur brisé. Il se reprit et brandit son fouet quand un soldat s'approcha.

Dès que les soldats s'étaient relevés, suivant les instructions de Nahomée, Aliénor avait dit aux chats, en faisant un mouvement de la main :

– Allez maintenant et protégez mes amis !

Les chats avaient alors, tous les cinq, changé de forme, ils s'étaient rapidement transformés en tigres redoutables et, en bonds souples et silencieux, s'étaient lancés à l'assaut des mercenaires, toutes dents et griffes dehors. Voyant arriver ces fauves menaçants, de nombreux assaillants prirent la fuite. Dans une autre partie de la prairie, un petit groupe avait maille à partir avec les trois hercules qui balançaient à bout de bras des barres de fer et brisaient épées et membres à qui se trouvait malencontreusement à proximité comme si c'étaient de vulgaires brindilles.

La contorsionniste et l'acrobate frappaient sur les têtes qui passaient sous leur perchoir avec les ustensiles de cuisine qu'elles avaient stockés à portée de main. Elles en assommèrent plusieurs à coup de poêles à frire faites en dur métal, avant de grimper sur les plus hautes branches pour se mettre à l'abri.

Aliénor vit avec horreur Renaldo qui tombait à terre après avoir été frappé par un soldat. L'agresseur fut immédiatement balayé d'un revers de patte par Zéphirin. Elle avait bien reconnu le chat, car sous sa forme de tigre, il n'avait toujours pas de rayures, mais il gardait ses taches marbrées habituelles. L'homme ne se releva pas, mais Renaldo semblait blessé et rampait se mettre à l'abri dans la forêt proche.

Aliénor en était là de ses observations. Elle était toujours assise sur les marches de la roulotte, comme Nahomée le lui avait recommandé, ayant joué son rôle en transformant par magie ses chats en armes terribles. Elle n'en revenait pas d'avoir pu le faire. Lors de leur séjour chez les fées, la nuit de pleine lune, Nahomée lui avait déclaré qu'elle était, elle aussi, une magicienne. C'était la raison pour laquelle la troupe était venue la délivrer des griffes de la comtesse. Aliénor ne voulut d'abord pas le croire. Nahomée lui avait alors confié ce qu'elle devrait faire quand les soldats viendraient. Elle était sûre que ce moment était proche et nécessaire pour que le cours des choses revienne enfin à son équilibre. Nahomée répétait souvent cela : il fallait retrouver l'équilibre des choses. Aliénor acquiesçait, mais ne comprenait pas toujours ce que ça voulait dire. Pour l'instant elle s'inquiétait surtout pour Renaldo et pensait à la magie qu'elle venait d'exercer. Elle ne fit pas attention à l'homme qui se glissait le long de la roulotte et qui, d'un bond, fut sur elle, lui mit un sac sur la tête et prestement l'enroula d'une corde qu'il lia solidement. Il chargea ensuite sa victime sur son épaule et fila dans le sous-bois. Quand il eut rejoint sa monture, il donna un grand coup de sifflet pour rameuter sa troupe, ou du moins ce qu'il en restait. Car cet homme, c'était bien le capitaine Hurcis. Il piqua des éperons, faisant bondir sous la douleur son cheval, et partit au galop pour ramener enfin sa prisonnière à la comtesse. Ses lieutenants avaient pour ordre de réunir la troupe et de revenir au castel, après s'être débarrassés des saltimbanques. Mais ces derniers ne se laissèrent pas faire et les soldats durent se replier, à pied, car les chevaux s'étaient éparpillés. Fort heureusement, comme Renaldo put le constater plus tard, pas un n'avait eu de membre brisé et donc ils avaient pu prendre le large, laissant les mercenaires accomplir le trajet du retour à pied.

Renaldo fut le seul blessé parmi les membres du cirque. Il avait reçu un coup d'épée à la jambe, qui lui avait bien entamé la cuisse. Il perdait beaucoup de sang et Nahomée était intervenue à temps pour éviter le pire. Les hercules avaient bien quelques contusions, mais rien de grave. Pamélia et Uméline s'en tiraient avec les mains bien écorchées après leur ascension rapide aux branches des arbres. Là encore, un baume concocté par Nahomée vint soulager leurs douleurs. Timoléon n'avait pas participé à la bataille, mais il avait permis d'épargner les chevaux et ce n'était pas la moindre des choses pour le palefrenier. Éldric avait usé de ruse pour venir à bout de plusieurs soldats. Nahomée s'était battue elle aussi, avec la magie, qui est la plus puissante des armes. Elle avait ainsi protégé sa troupe et semé la confusion chez les assaillants, ce qui avait permis l'issue heureuse du combat.

– Mais Aliénor ? Ils ont enlevé Aliénor, s'écria Timoléon en s'apercevant que son amie n'était plus avec eux. Elle seule manquait en effet à l'appel.

– N'ayez crainte pour elle, annonça Nahomée, elle suit son destin et a son rôle à remplir. Ce qui lui arrive était prévu et je l'en avais informée. Maintenant nous devons replier nos affaires, de peur que les soldats ne reviennent, car Hurcis, bien que victorieux aujourd'hui, est assez rancunier pour venir finir le travail qu'il a commencé ici. Je le répète, Aliénor nous sera rendue et ainsi les choses retrouveront leur équilibre.

Les cinq chats avaient repris leur forme habituelle et ronronnaient en se frottant aux jambes de Timoléon, lui indiquant par là qu'il devait remplacer Aliénor et leur donner une pâtée bien méritée.

CHAPITRE XV

Hurcis avait parcouru le chemin à bride abattue et déposé son précieux fardeau au manoir de la comtesse. En l'enfermant dans ses appartements, il avait lancé :

– Te voilà revenue à ton point de départ, damoiselle. Que de trajet parcouru et de temps perdu, mais j'ai enfin accompli ma tâche et tu n'es pas prête à repartir.

Aliénor, à qui il avait enlevé le sac qui recouvrait sa tête et délié la corde qui la maintenait prisonnière, se contenta de le regarder fixement, montrant par là que, malgré son jeune âge, elle n'était pas intimidée par le sombre guerrier. Ce dernier se retira en la saluant d'un bref coup de menton et verrouilla la porte derrière lui.

Un peu plus tard la comtesse vint visiter la captive.

– Enfin, vous voilà de retour mon enfant.

– Ne m'appelez pas ainsi, car je ne le suis pas.

– Que pouvez-vous bien en savoir, ma pauvre, allez-vous croire ce que ces bohémiens vous ont fourré dans le crâne ? Princesse, vous êtes et du plus haut rang. Et bientôt sur un trône, nous allons vous asseoir.

– Le trône n'est-il pas déjà occupé ? demanda sans se démonter Aliénor.

– Oui, mais par qui ? Un idiot, un incapable, nous allons le remettre à sa place.

– Il me semble pourtant que celui dont vous parlez de la sorte serait, selon vos dires, mon propre père.

– Allons, allons, pas de dispute mon enfant. Reprenez vos esprits et nous verrons cela plus tard.

Après le départ de la comtesse, Aliénor se précipita vers la fenêtre qu'elle ouvrit. Celle-ci donnait sur le jardin. Elle était située assez haut pour qu'on ne puisse pas s'enfuir par ce chemin-là. Mais elle ne cherchait pas à s'échapper, elle devait jouer le jeu d'Anastasie pour remettre les choses en équilibre, avait dit Nahomée. Depuis cette nuit de pleine lune chez les fées, elle comprenait un peu mieux l'objectif que la magicienne poursuivait. Son propre rôle était loin d'être facile, pour une fillette de presque dix ans, mais elle allait faire de son mieux. Et puis, se dit-elle, je suis une magicienne. Par l'ouverture, elle cherchait quelqu'un. Soudain elle le vit et fit de grands signes de la main pour attirer son regard. Hélas ! il avait la tête baissée, étant un vieil homme aux articulations brisées par le rude travail de la terre. Alors elle appela, pas trop fort pour ne pas alerter les gardes qui devaient surveiller le manoir, mais juste assez pour que son ami Philibert l'entende.

– Philibert !

L'homme leva la tête, étonné d'entendre son nom prononcé par une jeune voix.

Apercevant son amie, il eut un grand sourire et fit un petit signe complice de la main. Il ne pouvait pas le lui dire, mais depuis tout ce temps, il avait reçu plusieurs messages par un jeune garçon qui venait frapper à la porte des domestiques et lui donnait des nouvelles du cirque. Éldric avait fait en sorte qu'il suive tout le périple de la jeune fille. Mais il était quand même très surpris qu'elle soit de retour dans ses appartements du manoir. Il n'avait pas eu de nouvelles récentes et ne savait donc pas que le cirque avait été attaqué. Il se mit à espérer qu'on laisserait sortir l'enfant dans le jardin et qu'ils pourraient parler ensemble. Après tout, nul ne connaissait leur amitié, sauf peut-être dame Honorine, mais on ne l'avait plus jamais revue. Il n'était lui-même aux yeux de dame Anastasie et de son âme damnée qu'un simple serviteur sans aucune importance.

Aliénor dut se résoudre à refermer la fenêtre, aucune discussion n'était possible de ce côté-là. Allait-on la laisser sortir, elle en doutait fort ? Il se passa quelques jours sans autres visites que celles de la cuisinière qui lui apportait ses repas. Elle était bel et bien prisonnière ; mais connaissant les visées de la comtesse, elle savait que cela ne durerait pas.

Dame Anastasie avait reparu au conseil, à la grande surprise des membres de celui-ci. Même Ambroise et Sigismond semblaient stupéfaits de revoir leur vieille amie sans en avoir été au préalable avertis. Seul Wenceslas de Marincourt était informé de sa présence au manoir et lui servait d'espion au palais. Le vicomte eut donc un sourire de connivence, sachant ce que ce retour signifiait. La comtesse allait jouer son meilleur atout et la partie prendrait un autre tour.

Dès l'ouverture des débats, Anastasie demanda la parole. Vu son rang et la curiosité qui entourait son retour, elle l'obtint immédiatement. Achilas était curieux de savoir ce qu'elle allait sortir de son manchon de fourrure.

– Nobles dames et sires, je demande au conseil de me confier la régence aux titres suivants : le duc n'est plus en mesure de tenir ce rôle et la délégation qu'il a confiée à Achilas n'a duré que trop longtemps. Je suis la cousine du roi et la tutrice de sa fille Aliénor, héritière du royaume. Cette dernière, après sa présentation devant vous, ici même il y a bientôt quatre ans, fut enlevée à ma garde par félonie.

À ce moment précis elle lança un regard sévère en direction du prince Achilas, qu'elle désignait ainsi aux yeux de tous comme l'instigateur de cet enlèvement dont il était le premier bénéficiaire, puisque dirigeant le conseil au nom du duc malade.

– Voilà quelle est ma requête et j'attends qu'elle soit examinée immédiatement. Trop de temps a été perdu et le royaume réclame justice.

Achilas admira l'aplomb et le sang-froid de la vieille comtesse. Elle avait joué son coup de main de maître, il fallait le reconnaître. Néanmoins, il avait maintenant la parole à son tour.

– Nous avons vu l'enfant, très, trop brièvement. Quelle preuve formelle amenez-vous de la filiation que vous annoncez ? Votre parole, malgré tout le respect dû à votre rang et à votre famille, n'est pas suffisante dans un cas si grave et vous le savez fort bien.

– Allons, prince ! Le sang a parlé et l'enfant est si semblable et ressemblante au roi. Elle est née dans les mois qui ont suivi la disparition de Ludovic lors de sa chasse. Il est évident qu'elle fut conçue pendant cette semaine-là. Il en est rentré meurtri dans son esprit. Nous avons cherché et trouvé cette fille qui avait été placée en nourrice dans une famille de paysans par une femme noble qui semblait très troublée. La femme, retrouvée et questionnée, a reconnu la liaison royale et la jalousie violente de son mari qui a frappé le roi de telle manière qu'il en a perdu les esprits et a erré dans la campagne. L'homme a fui immédiatement à l'étranger, effrayé par les conséquences de son acte et le châtiment qui allait en découler. La femme est morte de désespoir dans nos bras, en nous confiant l'enfant pour la remettre à son père.

– Quel talent de conteuse vous nous montrez là, comtesse ! dit le prince avec un sourire narquois. Écrivez-vous des fables à vos heures perdues ? Non ? Vous devriez. Allons, trêve de plaisanteries, il y a dans votre énoncé des faits quelques incohérences. Vous avez mené une enquête neuf mois après le retour du roi pour chercher un enfant lui ressemblant. Quelle intuition ! à moins que vous n'ayez le don de double vue ? Mieux, vous trouvez l'enfant, mais père et mère ne peuvent témoigner de rien. L'un, le mari dont on ignore le nom, parcourt le monde le plus loin possible de ce royaume afin d'échapper, prétendez-vous, au châtiment de ses actes. L'autre, la mère, l'a quitté, ce monde et ne dira donc rien pour confirmer vos dires. Les paysans ? Qu'on nous les amène au moins, si c'est encore possible après dix ans.

– Ils attendent votre bon vouloir dans le hall du palais, sous bonne escorte.

– Faites-les donc entrer ! ordonna d'une voix forte le prince, étonné de ce nouvel atout que la comtesse sortait au moment opportun. Décidément, elle est très forte et a tout prévu, se dit-il en son for intérieur.

Le couple de vieux paysans fut amené devant le conseil par les gardes de la comtesse. Ils étaient tout tremblants d'être en si noble compagnie et jetaient des regards curieux au trône placé près de sa fenêtre, où Ludovic, roi, jouait inlassablement de son bilboquet.

Ils confirmèrent au mot près ce qu'Anastasie venait de raconter. La récitation était presque trop parfaite pour que ça ne sente pas un peu la machination, mais que dire, à moins de faire subir la question à ces malheureux ? On leur demanda néanmoins de rester à la disposition du conseil qui pourrait avoir à leur poser des questions complémentaires. Le prince conféra en aparté avec son secrétaire qui sortit immédiatement pour revenir avec des gardes du palais qui prirent en charge les témoins et les emmenèrent dans un lieu où ils seraient gardés. Les pauvres tremblaient encore davantage à la perspective d'être retenus, mais qui ne l'aurait pas fait en pareille circonstance ? La comtesse semblait pour sa part un peu chagrinée. Serait-ce d'avoir perdu la mainmise sur ces précieux témoins qui passaient ainsi dans les mains du prince ? Ce dernier reprit :

– Bien, tout cela ne nous apprend pas le nom de la mère ? Et donc aussi de son mari qui a mis à mal notre roi. Où qu'il soit, nous devons nous en emparer et le juger pour crime de lèse-majesté.

– Hélas, prince, répondit dame Anastasie, les paysans ignorent le nom de ceux-ci et la femme, qui est morte dans nos bras n'a pas voulu révéler son identité, ni donc celle de son mari pour qu'il échappe aux poursuites.

– Tiens, tiens ! Comme c'est intéressant et comme c'était prévisible. Vous savez bien que toute la noblesse du pays est répertoriée dans nos registres. Nommer une famille de haut rang aurait été bien périlleux. Il nous aurait été aisé de vérifier, et la disparition du mari, et le décès de l'épouse. Ici, pas de nom, pas de traces, passez muscade. De plus le mari blesse l'amant royal de cette femme, dont elle a conçu un enfant et elle protège quand même son mari félon tout en confiant à vos soins l'enfant bâtarde pour qu'elle retrouve son père. Un étrange comportement, ne trouvez-vous pas ? ajouta le prince en se tournant vers les membres du conseil qui immédiatement se mirent à murmurer.

Le prince poursuivit, cherchant à prendre l'avantage :

– Nous avions déjà entendu une fable différente sur cette enfant, elle aurait été la fille de votre propre fils, mort à la guerre. Vous avez bien fait d'en changer, car là, pour le coup, cette version ne tenait pas la route, plusieurs d'entre nous sachant parfaitement que vous n'aviez pas eu de fils ni de fille d'ailleurs.

Le prince s'était levé pour dominer l'assemblée et clore ce chapitre une bonne fois pour toutes.

– En voilà assez ! le dossier n'est pas assez documenté pour qu'on puisse le recevoir. Nous avons un ordre du jour chargé et nous devons nous y atteler sans tarder. Nous avons assez perdu de temps. Puis il se rassit, persuadé que le débat était terminé sur ce point. C'était sans connaître l'opiniâtreté d'Anastasie.

– Cher prince, dit-elle d'un ton onctueux, je vous trouve bien expéditif à rendre une justice dont vous n'êtes pas le détenteur. C'est au conseil de se prononcer et non à vous seulement. Votre délégation ne vous donne pas pleins pouvoirs de décision. Je demande l'avis du conseil après un débat de tous ses membres. Qui veut s'exprimer à son tour sur le sujet, maintenant que le prince a donné son avis personnel ?

Le prince songea en lui-même : décidément il ne fallait pas sous-estimer cette femme, elle était redoutable. Malgré ses doutes sur la sincérité de celle-ci, il ressentait tout de même un peu d'admiration pour sa forte personnalité.

CHAPITRE XVI

La suite des débats n'aboutit à rien de concluant, chacun y allant de son hypothèse plus ou moins farfelue. La légende des fées enlevant les hommes seuls qui erraient dans la forêt fut même encore mentionnée. Finalement le conseil décida de ne rien décider et qu'une enquête serait menée sur les lieux où l'enfant avait été découverte. Il était impératif de vérifier les dires des uns et des autres et retrouver la trace de cette mystérieuse famille dont on ne connaissait pas le nom, mais qui devait bien laisser dans les environs un manoir, des souvenirs, des héritiers peut-être. Le dossier fut ajourné, mais la comtesse avait marqué quelques points décisifs, par la force de son propos qui emportait l'adhésion, non seulement de ses amis, le vicomte Wenceslas en premier, mais de plusieurs autres membres du conseil qui trouvaient l'histoire proposée par la vieille comtesse tout à fait crédible.

Hélas, c'est lors de cette période d'incertitude que le duc Carles rendit l'âme. On lui fit des funérailles dignes de son rang et du respect qu'on lui portait. Sa régence avait duré dix années, ces dix années avaient été paisibles, pacifiques et le peuple avait pu en bénéficier. Mais le trône restait vacant, bien qu'occupé en permanence par ce roi Ludovic qui n'en était pas un et ne savait que lancer en l'air un monde d'ivoire en miniature qui venait retomber sur la flamme d'un dragon d'ébène.

Les cérémonies passées, le prince réunit de nouveau le conseil. Anastasie d'Estringeois y fit son apparition, tenant à la main la princesse Aliénor. Elles étaient suivies de près du capitaine noir, le fameux Hurcis, qui pour l'occasion montrait fière mine, car sa difficile mission allait enfin porter ses fruits.

Le prince pensa en lui-même : allons, nous y voilà, la vieille chouette tente le coup de force. Il va falloir jouer serré. Il ouvrit les débats, se disant que c'était certainement la dernière fois qu'il le faisait, car le but unique de ce conseil était de nommer un régent pour remplacer le défunt duc.

– Je revendique cette régence, dit d'une voix haute et forte la comtesse sans même attendre que le prince lui accorde la parole. Au titre de plus proche parente du roi et au nom de sa fille, la princesse Aliénor, ici présente. Que ceux qui agréent avec ma juste revendication se prononcent.

Plusieurs mains se levèrent, puis, voyant le mouvement, la majorité du conseil acquiesça, car ils voyaient de nouveau la jeune princesse en face et que sa chevelure était sans conteste pareille à celle de

Ludovic, roi. Le doute n'était pas permis devant une telle évidence.

Achilas baissa la tête, que dire maintenant, il était vaincu. Même s'il était persuadé qu'il y avait tromperie, que faire contre l'avis du conseil. Il n'était légitime que par la délégation du vieux duc. Carles n'était plus, il était désormais redevenu un simple membre du conseil et certainement plus pour très longtemps, car la chouette allait l'écarter au plus vite, ne supportant pas qu'on puisse mettre sa parole en doute. La mort du duc était survenue trop rapidement, il n'avait pas pu faire l'enquête dont il avait parlé lors du précédent conseil, pour retrouver la mère de la princesse, puisque dorénavant il fallait bien lui donner ce titre.

Les membres du conseil s'étaient levés et entouraient l'enfant, faisant saluts et révérences. Mais Aliénor ne semblait pas apprécier l'attitude des courtisans. Anastasie, devenue régente, conduisit la princesse devant le roi.

– Mon enfant, saluez celui à qui vous devez la vie et auquel vous succéderez un jour. Voici Ludovic, roi.

Disant ces mots, elle espérait bien que le roi fou ne resterait pas trop longtemps de ce monde, pour installer solidement sa petite marionnette au sommet du royaume et continuer en coulisse de régner à sa place. Hélas Ludovic semblait, mis à part sa tête vide, en fort bonne santé. Elle trouverait toujours un moyen pour pousser un peu le destin dans une direction favorable à ses ambitions et défavorable au triste roi.

Aliénor regardait le roi, le regard absent de celui-ci, le mouvement de son bras qui relançait la boule d'ivoire en une courbe parfaite pour qu'elle retombe sur la flamme dressée. Toc, fit la boule une nouvelle fois. Puis le poignet de Ludovic pencha le dragon pour libérer le globe et refit son geste encore une fois.

Aliénor fit alors un léger mouvement de la main, quand la boule retombait pour retrouver son support. Le Toc attendu se fit beaucoup plus fort, si fort que chacun sursauta au bruit violent. En retombant sur le dragon d'ébène, la boule d'ivoire venait d'exploser et s'éparpillait en dizaines de morceaux qui tintaient sur le dallage de marbre de la salle du conseil.

Le roi, surpris également par ce bruit soudain, sembla s'éveiller. Pour la première fois depuis dix ans, il tourna la tête et regarda la foule qui entourait le trône, la comtesse et cette damoiselle à la chevelure de feu qui se tenait devant lui et qui maintenant lui souriait.

– Chers amis, je suis bien aise de vous voir autour de moi assemblés. Mais il ne me semble pas connaître cette jeune et charmante personne ? Dame Anastasie, voudriez-vous faire la présentation ?

– Ludovic, roi, voici la princesse Aliénor, votre fille, répondit, prise au dépourvu, la comtesse.

Que dire d'autre, elle venait de convaincre le conseil de ce fait, elle ne pouvait se dédire la minute suivante.

– Ma fille, comme c'est intéressant. Je ne savais pas que j'avais une fille, n'étant pas marié encore. Peut-on m'expliquer ? Je suis avide de savoir.

Disant cela, il avait aux lèvres le sourire qu'on lui connaissait avant sa triste aventure. Il semblait également avoir retrouvé en un instant toute la lucidité et l'intelligence dont il faisait preuve et que tout le monde lui reconnaissait.

– Allons, cousine Anastasie, contez-moi toute l'histoire. Je crois que j'ai manqué un épisode.

Le roi connaissait bien sa cousine et son goût des manigances. Toute sa mémoire lui était revenue avec le choc de la boule d'ivoire et il savait parfaitement qu'il ne pouvait avoir eu d'enfant.

– Eh bien ! devrai-je attendre ? dit-il d'une voix ferme.

– Sire, cet épisode a eu lieu après une chasse où vous vous étiez égaré. Recueilli par une noble dame, vous lui avez montré de la passion, mais son époux, furieux, dans un accès de rage, vous a frappé et a causé votre trouble. La mémoire vous a fui, vous faisant oublier cette aventure. Durant dix longues années, vous vous êtes tenu ici même, sur ce trône, à jouer de votre bilboquet, maintenant brisé hélas, mais nous le ferons refaire.

– Trêve de ce bilboquet, je crois m'en être maintenant lassé, mais votre conte m'intéresse, cousine.

Achilas sourit en entendant ces mots. Il se remettait à peine de sa surprise, comme les autres témoins de cette scène extraordinaire. Et voilà que le roi qualifiait les paroles d'Anastasie de conte, comme lui-même lors d'un précédent conseil. Les choses allaient devenir intéressantes.

Le roi continua :

– Je vais vous dire, cousine, ce qui s'est vraiment passé. J'ai erré dans les bois après que mon cheval m'ait désarçonné. J'avais toute ma tête et de belle dame point ne vit ni n'engrossait. C'est bien mal me connaître que de croire que je puisse séduire la femme d'autrui au point de lui laisser un enfant de moi. J'ai erré, disais-je donc, durant plusieurs jours. Cette forêt des fleurs est magnifique, mais si grande qu'il est malaisé d'y trouver son chemin. Je me suis nourri de champignons crus et de baies sauvages. Mangeant un champignon que je trouvais dans un sous-bois, je vis au loin de la lumière, j'étais près de la lisière. Je me précipitais et sortis au grand jour, un paysan au loin se rendait à son pré, je m'avançais vers lui, mais je me mis soudain à tituber. À partir de là, la mémoire m'a fui, le champignon était peut-être néfaste. Je suppose que vous connaissez tous la suite et que vous n'y trouverez pas de belle et noble dame enfantant de mes œuvres.

Il poursuivit, se tournant vers Aliénor.

– Je suis navré ma damoiselle de ne pas être votre père, j'en aurais été fier tant vous me semblez une belle enfant.

– Sire, je suis navrée aussi si mon mouvement a malencontreusement fait exploser la boule de votre bilboquet.

– Mais bien au contraire, le bruit m'en a éveillé et d'une disgrâce un bonheur est né. Je vous en suis bien redevable. Puisque dame Anastasie a fait de vous une princesse, princesse je confirme que vous êtes et porterez ce titre de par ma volonté, ainsi je le décrète maintenant, moi, Ludovic, roi, devant la noblesse ici rassemblée. Vous avez dorénavant votre place au palais. Il ajouta :

– Mais vos parents, qui sont-ils donc vraiment ?

– Sire, je ne sais, ayant été enlevée dans mes langes par le capitaine Hurcis, afin de servir aux desseins de dame Anastasie.

– Bon, bon ! Nous allons régler cela. Gardes, faites serrer en geôle le nommé Hurcis, afin qu'il nous dise la vérité sur cette manigance et nous donne toutes informations utiles afin de trouver trace des parents de la princesse Aliénor. Quant à vous, cousine, je décrète séant votre retenue sous bonne garde dans un de vos domaines, à votre choix et dont vous ne devrez plus sortir jusqu'à la fin de vos jours. Ainsi ai-je dit, moi, Ludovic, roi et ainsi il sera fait !

Achilas pensa :

– Au moins la régence d'Anastasie aura été de courte durée.

ÉPILOGUE

Le capitaine Hurcis indiqua l'endroit où il avait enlevé l'enfant, mais l'enquête menée par le prince Achilas ne permit pas de retrouver ses parents légitimes. Ils avaient fui le pays peut-être. Achilas craignait plutôt que les sbires d'Hurcis, tandis que ce dernier apportait l'enfant au manoir de la comtesse, ne les aient fait disparaître afin qu'ils ne puissent parler. Ceci ne fut jamais prouvé. Le capitaine resta en prison fort longtemps, car rien de bon ne pouvait venir d'une âme noire comme la sienne. Puis il fut exilé pour passer son vieil âge dans un pays lointain.

Achilas fut nommé Premier ministre par le roi. Il rendit à ce dernier de nombreux services qui permirent de maintenir la paix que le royaume avait connue depuis la régence du bon duc Carles.

Aliénor avait dû rester au palais, car le roi l'avait demandé avec insistance. Elle s'était rendue à de nombreuses reprises au manoir de la comtesse. Cette dernière avait choisi pour son exil une autre de ses résidences, située dans une province lointaine, celle-là même où elle avait envoyé dame Honorine. Aliénor ne risquait donc pas de la rencontrer et le roi Ludovic lui avait accordé la propriété du manoir. Elle allait y rendre visite à son ami Philibert, qui était maintenant un vieillard perclus. Elle avait appris que

Philibert avait reçu, durant tout son périple, des nouvelles par un jeune messager et qu'il avait ainsi un lien avec le cirque des rouquins. Elle communiqua donc par ce biais avec ses amis qu'elle alla revoir dès qu'elle en eut l'occasion.

Un jour, elle se présenta devant le roi qui la reçut avec plaisir. Le conseil étant terminé, le roi se détendait, assis sur son trône, en jouant du bilboquet. Il avait fait refaire la boule d'ivoire qui était toujours incrustée d'une carte du monde en filigrane d'or et d'argent. Voyant arriver la princesse, il posa immédiatement le jeu.

– Ma chère enfant, il ne faudrait pas que vous fassiez à nouveau exploser la boule de mon bilboquet ! Elle m'a coûté une fortune à faire reproduire à l'identique. Cet objet me vient de mon grand-père, le roi Stanislas, qui le tenait lui-même d'une étrange magicienne, une femme à barbe venue d'un orient lointain.

– Sire, j'ai une autre distraction à vous proposer, si vous voulez bien m'accompagner dans un village voisin. Si vous le daignez aussi, invitez le prince Achilas à nous accompagner.

Le roi ne refusait jamais rien à la petite princesse, qu'il considérait vraiment comme sa fille, bien qu'elle ne le fut pas, malgré les manœuvres habiles de cette vieille chouette Anastasie.

On manda trois montures aux écuries. Le roi, son principal ministre et la petite princesse partirent dans la campagne. Auprès du village qu'avait mentionné Aliénor se trouvait une tente plantée par des saltimbanques de passage. Aliénor dit alors au roi :

– Voilà, sire, notre but. Je vous invite à un spectacle de cirque, vous allez voir, vous serez fort surpris.

On ne sait pour quelle raison, mais Aliénor n'avait jamais parlé au roi de sa vie d'errance et du cirque des rouquins. Elle savait qu'un jour il le faudrait. Ce jour était venu et, plutôt qu'une longue histoire, elle avait choisi la rencontre.

C'était l'heure de la représentation, la population du village avait pris place sur les bancs. On avait placé et réservé deux simples chaises à un emplacement de choix. Les villageois eurent la surprise de voir le roi et son ministre traverser la piste et s'asseoir parmi eux. Tout le monde se leva de son banc pour saluer les illustres personnes. Une fois installé, le roi demanda à Aliénor :

– Mais vous-même n'avez pas de siège, mon enfant ?

– Sire, ma place est ailleurs comme vous allez le voir tout à l'heure.

Elle se retira derrière le rideau et le spectacle commença, comme il a déjà été décrit, par l'extraordinaire funambule, Éldric, l'homme-araignée, qui marche sur un fil avec ses échasses.

Quand Renaldo se présenta avec sa cavalerie, il était accompagné du fringant poney Pégase sur lequel se tenait, en parfait équilibre et esquissant quelques pas de danse, une belle écuyère, la princesse Aliénor. À la fin du numéro, le roi se leva pour marquer sa satisfaction, suivi du prince et de toute la foule. Vinrent les hercules et la contorsionniste, puis l'acrobate. Ensuite Vigor, Magnus et Féréol installèrent tout autour de la scène une grille haute de deux mètres, faite de solides barreaux de métal. Alors, de derrière le rideau apparurent cinq superbes tigres, le premier avait un pelage insolite, car il présentait des marbrures au lieu des rayures habituelles à ces animaux. La dompteuse leur fit faire des figures, leur fit traverser des arceaux enroulés de rubans jaunes et rouges, pour simuler les flammes, mais ne pas risquer de blesser les bêtes. Après la présentation, une ovation salua le départ d'Aliénor, la dompteuse de tigres.

Vint enfin la magie de Nahomée. Dans les brumes du spectacle onirique, on voyait des oasis, des palais orientaux, d'étranges animaux inconnus dans le pays, comme ces grosses bêtes grises avec un long nez qui semblait pouvoir s'enrouler sur lui-même, des sortes de chevaux bossus, d'autres qui avaient un cou tendu vers le ciel d'une longueur démesurée. Puis ces images furent remplacées par une nuit étoilée. L'illusion provoquée par la magicienne faisait croire au spectateur qu'il volait dans la nuit et s'éloignait de la terre. Celle-ci apparut comme une boule suspendue au milieu de la voûte céleste et, soudain, on vit tourner autour de la planète un immense dragon noir aux ailes étendues et qui crachait le feu.

Comme à chaque fois que ce numéro avait lieu, les spectateurs restaient bouche bée, silencieux, subjugués par les images qui flottaient dans la brume. Ils ne reprenaient connaissance qu'au moment où Nahomée disparaissait derrière le rideau.

La troupe revint saluer et puis se retira, sauf la magicienne et sa protégée qui s'avancèrent vers le roi et le prince Achilas. Nahomée salua les deux nobles spectateurs et dit au roi :

– Sire, j'ai été heureuse d'apprendre par Aliénor que votre bilboquet avait retrouvé sa boule d'ivoire. Il aurait été dommage qu'un si bel objet ne puisse plus procurer à votre majesté le plaisir qu'il a procuré à votre père et à votre grand-père. Enfin l'équilibre est retrouvé.

Elle avait, en disant ces paroles, ce petit sourire que la princesse connaissait bien. Puis, ce fut Aliénor qui déclara :

– Vous avez vu, sire, ceux qui m'ont accueillie et traitée comme une vraie princesse, quand j'avais perdu ma famille et qu'on voulait se servir de moi. Ici est ma maison, mais je vous fais la promesse de venir vous rendre visite dans votre palais aussi souvent que notre route le permettra.

– Va, mon enfant, tu seras toujours princesse en mon palais et dans mon cœur, mais ta vraie place est dans ce cirque.

Sur la roulotte de Nahomée, on avait peint une nouvelle inscription :

Nahomée & Aliénor, et en dessous : Magiciennes.

Fin